지옥에
다녀온
단 테

○ 일러두기

이 책에서 《신곡》, 《지옥 편》, 《연옥 편》, 《천국 편》은 처음만 겹꺾쇠로 표기하고 가독성을 위해 나머지 부분은 모두 생략했다.

후회와 절망을 기회와 희망으로 바꾸는 신곡 수업

지옥에 다녀온 단테

김범준 지음

유노
북스

"인생에서 길을 잃게 되는 원인은 내 안에 있다."

— **단테** —

삶의 어둠을 밝히는
지혜의 빛으로

이탈리아 피렌체에서 태어난 시인 단테는 르네상스의 서막을 알리는 전환기적 도시 국가였던 피렌체에서 생 대부분을 보냈다. 원래 명문 귀족 출신이었으나 가세가 기울고 어린 나이에 부모를 잃은 단테에게 삶은 고독과 역경의 연속이었다. 특히 어머니에 대한 그리움은 그의 문학적 뮤즈였던 베아트리체와의 만남으로 이어진다.

이러한 시련 속에서도 단테는 학문에 대한 열정을 잃지 않았다. 수도원에서 철학과 신학을 공부하고, 볼로냐에서 고전을 탐독하며 지적 역량을 쌓았다. 이를 바탕으로 그는 정치에 입문해 눈부신 활약을 펼치며 피렌체 공화국의 최고 위원에까지 오르지만,

정쟁에서 패배하여 결국 망명길에 오른다. 추방과 공직 복귀 금지, 체포 시 화형이라는 가혹한 처벌까지 내려진 상황에서 명성과 지위를 모두 잃은 채 황량한 유배지로 내몰리고 만다.

하지만 절망의 순간에서 단테는 오히려 내면을 향한 깊이 있는 성찰의 시간을 갖게 된다. 격동의 세월 속에서 그는 인생과 세계, 구원에 대한 통찰을 담아낸 걸작 신곡의 집필을 시작한다.

신곡은 종교적 관점에서 인간을 죄악과 고통에서 구원하는 여정을 다룬다. 이는 단순히 사후 세계만을 의미하지 않는다. 불안과 혼란으로 가득한 현실 속에서 우리가 어떻게 살아가야 하는지에 대한 깊은 성찰이 담겨 있다. 단테 역시 승승장구하던 삶이 한순간에 무너지는 아픔을 겪었다. 피렌체에서의 추방은 그에게 절망의 순간이었지만, 동시에 세속적 욕망과 허영에서 벗어나 진정한 자아를 발견하고 구원을 모색하는 계기가 되었다.

이처럼 신곡에서 단테가 지옥과 연옥, 천국을 순례하는 것은 우리가 살아가는 물질 세계에서 수행해야 할 과제를 상징적으로 보여 준다. 그가 추구한 것은 내세의 안락함이 아니라 현세에서 정의로운 공동체를 이루며 올곧게 살아가는 것이었다. 단테에게 구원이란 천국만이 아니라 지옥과 연옥까지 아우르는 총체적 세계관 속에서 이뤄진다. 고통과 시련을 마주하고, 그 속에서 삶의 의미를 발견해 나가는 과정 자체가 구원으로 향하는 길이었다.

고전은 시대를 관통하는 통찰을 품은 '살아남은 지혜'다. 그 깊이에 압도되기보다는 고전의 지혜를 자기 삶에 투영해 읽고 음미할 때 비로소 고전의 참맛을 느낄 수 있다. 신곡 역시 마찬가지다. 신학적, 철학적 세계관에 경도되기보다는 작품 자체에 집중하고, 그 속에서 마주한 구절과 장면들을 내 인생의 좌표 위에 자유롭게 투사해 보는 것이 중요하다.

따라서 이 책 역시 기존 신곡에서 나타난 지옥, 연옥, 천국의 이야기 흐름에 매몰되지 않고 신곡이 전하려는 의미에 초점을 맞추어 내용 흐름을 구성했다. 다만 단테의 메시지를 정돈해서 전달하기 위해 전체적인 흐름은 지옥 편의 지옥 순서를 빌렸으며, 전하고자 하는 메시지는 지옥, 연옥, 천국의 순서가 아닌 메시지와 연관 있는 소재를 가져와 이야기를 전개했다.

또한 본격적으로 단테의 이야기에 집중하기 전에 700년이라는 시간을 뛰어넘어 만난 단테와 현시대의 독자 사이의 거리감을 좁혀 주고, 단테가 우리에게 전하려는 내용의 흐름들을 파악할 수 있도록 차례의 제목들은 신곡의 대사를 참고하여 재구성했다.

이처럼 고전을 내 삶의 문제의식과 엮어 창조적으로 읽어 낼 때, 비로소 작품은 나를 비추는 거울이 된다. 내면에 감춰 둔 상처와 번민, 희망과 지혜를 재발견하게 하는 소중한 매개로 우리에게 도움을 준다. 단테의 신곡에는 인간 존재와 세계의 본질을 치열하게 탐구하려는 작가의 고뇌와 열정이 고스란히 배어 있다. 우리는 이 작품을 통해 삶의 진정한 행복과 구원이 어디에 있는지, 그리고 혼란의 시대를 살아가는 자신은 어떤 존재인지 질문해야 한다.

　복잡하고 혼란한 세상이다. 이러한 현실을 살아가다 보면 우리는 종종 인생의 암흑과 마주하게 된다. 단테가 그랬듯 우리도 좌절과 번민의 순간을 겪는다. 하지만 이 순간을 내면으로 향하는 성찰의 발판으로 삼을 수 있다. 흔들리는 외부 상황에 휘둘리지 않고 변치 않는 내적 가치에 충실할 때, 단테처럼 우리는 길을 잃지 않고 앞으로 나아갈 수 있을 것이다.

　운명의 수레바퀴는 돌고 돈다. 인생의 어려움을 운명이라고만 생각하여 포기하지 않고, 꺾이지 않는 용기와 신념으로 우리 인생길을 걸어갔으면 좋겠다. 신곡으로 배운 삶의 지혜를 통해 나만의 단단한 마인드셋을 설계한다면 험난한 세파도 잘 헤쳐 나갈 수 있으리라 믿어 의심치 않는다. 신곡이 우리에게 들려주는 간절한 메시지처럼 말이다.

　내 안에서 나를 강하게 만들 줄 아는 우리가 되기를 바란다. 매 순간 나답게 보내는 시간에 감동했으면 한다. 나다운 일상을 보낼 수 있는 공간을 찾을 줄 알았으면 한다. 그렇게 어제보다는 더 나은 오늘, 그리고 내일이 되었으면 한다.

　이제 단테와 함께 험난한 인생길 여행에 나설 시간이다. 역경과 고통 속에서도 결코 희망을 놓지 않았던 시인의 눈빛을 따라가다 보면 어느새 내면에서 솟아나는 강인한 영혼의 빛을 발견하게 될 것이다. 그 빛으로 오늘도 당신의 삶을, 우리가 함께 살아가는 이 세계를 밝혀 나가기를 기대한다.

차례

1장 지옥의 문턱에서

 죽었다 살아난다면
어떻게 살 것인가 _ 단테의 인생 안내서

2장 탐욕 지옥에서

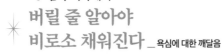

버릴 줄 알아야
비로소 채워진다 _ 욕심에 대한 깨달음

3장 분노 지옥에서

자만을 멈춰야
나를 살린다 __ 감정에 대한 깨달음

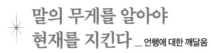

4장 폭력 지옥에서

말의 무게를 알아야
현재를 지킨다 _ 언행에 대한 깨달음

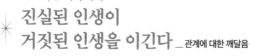

5장 배신 지옥에서

진실된 인생이
거짓된 인생을 이긴다 __ 관계에 대한 깨달음

단테의 《신곡》은 무엇이며
어떻게 읽어야 하는가

《신곡》의 원제목은 'Commedia', 즉 '희곡' 혹은 '희극'이다. 우리에게 '신곡' 하면 《지옥 편》에서 죄인들이 받는 처참한 고통의 장면이 먼저 떠오르기에 이 제목이 다소 낯설게 느껴질 수 있다. 하지만 《연옥 편》을 거쳐 《천국 편》에 이르는 여정은 희망과 기쁨으로 가득 찬, 어쩌면 즐거운 과정이기에 《희극》이라는 제목이 붙여진 것 같다. 후대에 '신성한'이라는 뜻의 'Divine'이 덧붙여져 신곡이라는 이름이 탄생했다. 이는 《데카메론》의 작가 조반니 보카치오의 아이디어였다는 설과 이탈리아 출판업자 로도비코 돌체의 발상이었다는 설이 있다.

신곡은 지옥, 연옥, 천국이라는 사후 세계를 묘사하고 있다. 주인공인 단테가 1300년 부활절을 전후로 한 일주일 동안 이 세계를 여행하며 만나고 느끼는 것들이 수많은 인물과 사건을 통해 생생하게 그려진다. 단테는 9살 때 만나 연정을 품었지만 이루지 못한 사랑인 '베아트리체'에 대한 그리움, 현실 정치에서 좌절을 맛보고 망명길에 오르며 겪은 고뇌, 그리고 이런 상황에서 자기 내면을 성찰하며 찾은 해답을 신곡에 진솔하게 담아냈다.

신곡은 총 3권으로 구성되어 있다. 지옥 편은 34곡, 연옥 편과 천국 편은 각각 33곡씩, 총 100곡으로 이루어져 있다. 각각의 장소마다 구역들이 있다. 사악한 삶으로 인해 영원한 고통을 받는 지옥은 9개의 구역으로, 천국에 들어가기 전 죄를 씻는 연옥은 7개의 구역으로, 인간이 신에게 이르는 길을 보여 주는 천국은 10개의 구역으로 나뉜다.

1265년에 태어난 단테 알리기에리는 35세 무렵인 1305년경 신곡을 집필하기 시작한 것으로 알려져 있다. 다만 작품에서는 단테가 33세에 사후 세계로 순례를 떠나는 것으로 묘사된다. 어두운 숲에서 길을 잃고 방황하던 단테는 빛이 비치는 언덕을 향해 가려 하지만, 정욕을 상징하는 표범, 교만을 상징하는 사자, 탐욕을 상징하는 늑대에 의해 가로막힌다.

이때 단테 앞에 고대 로마의 시인이자 그가 평소 존경하던 '베르길리우스'의 영혼이 나타난다. 그는 단테를 지옥과 연옥까지 안내한다. 이어서 단테의 뮤즈이자 사랑의 대상이었던 베아트리체가 천국으로의 길잡이가 되어 주고, 여기에 '성 베르나르'의 도움까지 더해져 단테는 마침내 어둠의 세계에서 벗어나 낙원에 다다를 수 있게 된다.

신곡에는 루치아(시칠리아 섬에서 로마 황제 디오클레티아누스의 박해로 사망한 순교자), 카론(바닥이 없는 쇠가죽 배에 죽은 자들을 태워 아케론 강에서 스틱스 강까지 건네주는, 즉 지옥행 배의 뱃사공), 미노스(그리스 신화에 나오는 크레타 섬의 왕으로 지하 세계의 심판관), 게리온(그리스 신화에 등장하는 상상의 동물로 머리와 몸이 각각 3개인 괴물) 등 다소 낯선 신화적 인물들부터 헥토르, 카이사르, 호메로스, 플라톤, 소크라테스 같은 실존 인물들까지 수많은 등장인물이 나온다.

독자는 이들의 행적을 모두 알기 어렵기에 신곡 읽기가 쉽지만은 않다. 여기에 단테의 사상적 배경이 되는 종교적, 철학적 지식까지 부족하다면 작품을 완벽하게 이해하기는 더욱 버겁게 느껴질 것이다.

그러나 우리는 이 모든 것을 꼭 알아야 한다는 부담감에서 벗어날 필요가 있다. 우리는 신곡을 읽고 감상하는 독자이지 신곡의 연구자가 아니다. 단테 또한 독자들에게 이를 강요하지 않는다. 오히려 그는 우리가 신곡에 담긴 이야기들에 귀 기울이기만을 바랄 것이다.

　망명이라는 시련 속에서도 세상과 소통하려 했던 단테는 삶의 균형과 조화를 모색했고, 신곡에는 그런 그의 고민과 통찰이 녹아 있다. 따라서 우리는 신곡의 문구 하나하나에 집중하기보다 단테가 우리에게 하고자 하는 말을 각자의 일상에 비추어 적용하기만 하면 된다.

오늘도 별을 빛나게 만들기 위해
하늘은 밝음을 멈추고 어두워졌다.

죽었다 살아난다면
어떻게 살 것인가

단테의 인생 안내서

01

삶에 대한 모든 불신과
두려움을 버려야 한다

"희망이란 고통스러운 현실에 무릎 꿇는 대신 앞으로 다가올 미래가 축복으로 가득할 것임을 확고하게 기대하는 것이다."

《천국 편, 제25곡》

인생은 연극이다. 아쉬운 건 딱 한 차례만 공연할 수 있다는 점이다. 아무렇게 살아서는 안 되는 이유다. 단 한 번뿐인 인생을 아무렇게나 살고 싶지 않기에 오늘도 사람들은 자신에게 스스로 묻는다.

"어떻게 살아야 하지?"

이 물음에 대한 해답을 얻고자 각자의 방법으로 온갖 노력을 다한다. 스승을 찾고, 책을 읽으며, 명상도 하고….

'하나뿐인 인생, 두 번의 기회는 없다. 잘 살아야만 한다.'

뻔한 이 이야기를 어떻게 다뤄야 할지가 우리에게 주어진 과제다. 그런데 문제가 있다. '잘 산다'는 건 또 무엇인가? 내 뜻대로 사는 것인가? 누구도 대신 살아 줄 수 없는 인생이라면 내 뜻대로 살아야 후회가 없을 것 같다. 하지만 '내 뜻'이라는 것 역시 문제다. 내 뜻이 옳은 길이 아니라면? 어렵다. 그래서 오늘도 우리는 방황하는가 보다.

우리가 보편적으로 대단한 사람이라고 생각하는 자들 역시 마찬가지다. 하지만 대단한 사람 중에서도 대단한 사람, 강한 사람 중에서도 강한 사람은 방황 속에서도 쉽게 좌절하지 않는다. 그들의 공통점은 자신이 쌓아 온 모든 게 사라졌다고 느꼈을 때 '좌절 금지'를 스스로 선택한 후 자기만의 새로운 길을 찾았다는 점에 있다.

아무도 알아주지 않는 순간, 알아주지 않는 것을 넘어 비웃음과 조롱의 대상이 되어 어디론가 숨고 싶었던 순간, 그들은 포기 대신 성장을 택할 줄 아는 현명함이 있었다.

나이가 들수록 내 뜻 그리고 잘 산다의 의미를 찾는 게 어렵다.

어둡고 깊은 숲속에서 길을 잃고 방황하는 듯한 건 단테만 받은 느낌이 아니다. 우리 모두 그렇다. 지금 가는 이 길, 괜찮을까? 계속 이 길을 따라가면 어디가 나오는 걸까? 스스로 깨닫는 건 어렵다. 방황하는 우리에게 고달픈 인생길에서 벗어나 잘 사는 인생길로 인도해 줄 사람이 있어야 한다.

지금부터 우리는 760년 전의 인물인 단테를 내 인생의 옳은 길을 찾기 위한 멘토 혹은 스승으로 모시려고 한다. 그 당시 단테 역시 신곡에서 자신을 이끌어 줄 선생님으로 베르길리우스라는 인물을 선각자로 모셨다. 우리에게도, 단테에게도, 스승이란 자기 자신을 강하게 만들고자 한다면 반드시 있어야 할 존재다.

어두운 숲에 들어간 단테

로마 최고의 시인 베르길리우스와 젊은 시절 짝사랑했던 베아트리체의 인도를 받아 사후 세계인 지옥, 연옥, 천국을 여행하는 단테의 이야기가 신곡이다. 이때 베아트리체는 은총, 은혜의 빛과 같은 존재를 상징하며 베르길리우스는 이성, 지혜의 빛과 같은 존재를 의미한다.

모든 책이 그러하듯, 처음 부분이 중요한데 신곡 전체에서 가장 첫 편인 지옥 편은 단테의 회한으로 시작한다.

"인생길 반 고비에서 나는 올바른 길을 잃고서 어두운 숲에 처하게 되었다."

《지옥 편, 제1곡》

단테가 신곡을 쓰던 무렵, 그의 삶은 고단했다. 인생의 반을 살았으나, 그의 일상은 오히려 엉망이 되고 있었다. 우리의 모습도 마찬가지일 것이다. 인생을 꽤 살아 냈다고 생각했으나 올바른 길은커녕 자꾸 이상한 길이 나타난다. 강해지고 싶은데 세상과 마주할 때마다 무엇부터 할지, 뭘 하지 말아야 할지 몰라서 당황하는 경우가 더 빈번해졌다.

신곡을 쓸 때 단테는 정치적으로, 경제적으로, 그리고 사회적으로도 모두 버림받았다. 그는 자기가 살던 고향을 떠나 유랑자 신세가 되었다. 시대적 상황만 다를 뿐 세상에 지친 우리의 모습 그대로였다. 단테가 자신이 처한 상황을 비유적으로 말한 어두운 숲은 거칠고 또 완강했다. 깊은 숲은 어둠으로 아무것도 보이지 않는데, 거기에 빽빽한 수풀로 탈출구조차 보이지 않았다.

최악의 순간을 버텨 내던 우리의 모습처럼 보인다. 상상도 하기 싫은 시기…. 그 시간, 우리는 모두 힘들었다. 어떻게 버텨 냈는지 기적일 정도다. 게다가 재난은 늘 약자에게 더욱 가혹하다. 어려운 사람들의 삶이 먼저 망가진다. 당시 우리는 몸도 마음도 모두 엉망이었다.

거칠고 완강한 어두운 숲과 같은 일상에서 우리는 비명도 내지 못할 정도로 고통받았다. 어쩌면 지금도 그 고통이 지속되고 있는 지도 모른다. 하지만 이런 고통을 운명처럼 어쩔 수 없는 것으로 여기며 모든 걸 포기하고만 있을 수는 없다. 허약한 모습으로 어둡고 꽉 막힌 숲을 마주하고만 있을 수는 없다. 어떻게 해야 할까? 단테는 말한다. 먼저 자신에게 물어보라고.

"왜 그 숲에 들어가게 되었는가!"
"혹시 잠에 취해 올바른 길에서 벗어난 것 아니었던가!"

삶을 현명하게 살아가는 사람은 살면서 마주한 인생의 고통에 대해 낙담하거나 과거 자신의 행동을 후회만 하지 않는다. 어쩌다가 자신이 이렇게 가혹한 현실을 마주했는지 먼저 돌아본다. 어떠한 성찰도 없이 무조건 자기가 처한 환경을 비관하는 것은 자유 의지를 지닌 인간으로서의 모습과 거리가 멀다. 단테는 올바른 길로 가기 위해 늘 애써야 한다고, 일상을 돌보며 희망 가득한 꿈을 향하라고 조언한다.

"나는 위를 바라보았다. 별의 빛줄기에 둘러싸인 산꼭대기가 보였다. 사람들이 자기 길을 올바로 걷도록 이끄는 별이었다. 그러자 무척이나 고통스럽던 밤에 내 마음에서 지속되었던 두려움이 조금은 가라앉았다."

《지옥 편, 제1곡》

강해지고 싶다면 바라봐야 한다. 무엇을 볼 것인가?

'내 마음속의 별'.

마음속에 자기만의 별 하나도 간직하지 못하고 있다면 우리는 팍팍한 현실에 주저앉을 수밖에 없다. 절대 강해질 수 없다.

인생의 윤형 방황을
끝내고 싶다면

눈이 덮인 산은 매력적이다. 하지만 설산에는 '윤형 방황'이라는 위험이 있다. 윤형 방황에서 윤(輪)은 수레바퀴를 뜻하고, 방황 (彷徨)은 헤매고 다니는 모습을 가리키는데, 한마디로 '수레바퀴처럼 계속 돌아가며 헤매는 것'을 의미한다. 특히 눈을 가리고 걷거나 사막처럼 사방이 똑같은 곳을 걷게 되면 직선으로 가지 못하고 결국 제자리로 돌아오는데, 눈 덮인 산에서 등산하는 사람들이 마찬가지로 겪는 현상이다.

언젠가 알프스에서 폭설로 행방불명된 등산가가 2주 가까이 만에 구조됐는데 훗날 그는 이렇게 말했다.

"매일 12시간 이상을 하산하기 위해 걸었습니다."

하지만 그는 길을 잃기 시작한 장소에서 단지 반경 6킬로미터 안에서 빙빙 돌았을 뿐이었다. 눈 덮인 산이 마치 사람이 눈을 가리고 걷는 것처럼 방향 감각을 잃게 만든 것이다.

설산에서 윤형 방황을 극복하는 방법은 두 가지가 있다. 하나는 나침반 혹은 북극성 등 기준을 잡아 방향을 찾는 방법이다. 다른 하나는 불안 및 과로로 인한 인지 능력의 저하를 최소화하기 위해 30보쯤 걷고 난 후 마음을 다시 잡고 걷는 것이다. 우리도 마찬가지 아닐까? 더 나은 삶을 원하는, 더 강하게 살고자 하는 우리 삶에 힌트 하나를 얻을 수 있다.

'내 인생의 나침반' 혹은 '내 일상의 북극성'을 찾아야 한다. 이때 나침반, 북극성을 어떻게 찾아야 할지가 다시 문제다. 감히 말하자면 신곡이 해답을 줄 것이다. 지옥, 연옥 그리고 천국에 이르는 과정에서 단테가 우리에게 말하는 화두를 나만의 나침반, 나만의 북극성으로 삼는다면 우리는 불안과 좌절, 허무에 빠지는 대신 새롭게 살아갈 의지를 키워 낼 수 있을 것이다.

그렇다면 단테가 말하는 내 인생의 나침반 혹은 내 일상의 북극성은 무엇일까? 단테는 신곡의 천국 편을 통해 그 해답을 제시

한다. 윤형 방황을 끝내고 삶의 방향을 찾고자 한다면, 더 강한 모습으로 자신을 설계하고자 한다면 '희망'을 품어야 한다고.

어려운 순간에서조차 절대 희망을 잃지 말라는 게 단테의 조언이다. 아무리 절망스럽더라도 어떻게 해서든지 다음 순간에는 축복이 있을 것임을 의심치 말아야 한다. 우리가 '어떻게 살 것인가?' 대한 고민의 해답은 미래에 대한 무한의 긍정성이 될 것이다.

하나의 희망이 사라졌다고 절망할 이유는 없다. 또 다른 희망을 만들어서 걸어가면 된다. 새로운 길을 걸어가는 힘은 희망을 품는 힘과 같다. 단테가 말하는 '나를 강하게 만드는 것', 즉 희망을 찾아내고 희망을 향해 걸어가야 한다는 걸 알았다면, 우리에게 남는 과제는 그곳을 향해 지금 당장 발걸음을 옮기는 일이다.

의지만 품는다고 되는 게 아니다. 움직여야 한다. 신곡의 시작인, 지옥 편 제1곡의 끝 역시 베르길리우스의 뒤를 따르려는 단테의 의지로 끝을 맺는다.

"그가 움직였고 나는 그 뒤를 따랐다."

강해지고자 한다면 절망은 버리고, 희망에 다가서기 위해서 신곡의 뒤를 따라 움직일 차례다.

02

희망 없는 그곳이
바로 지옥이다

"언제까지 다른 운명만을 부러워할 것인가!"

《천국 편, 제3곡》

2024년 통계청 자료에 따르면 1월 잠정 집계된 자살 사망자가
1,306명이다. 지난 몇 년과 비교해도 눈에 띄게 늘어난 수치다. 극
단적 선택이란 말들을 하지만 자살은 자살이다. 팬데믹 이후 모든
게 회복됨을 기대했으나, 오히려 경제적 어려움에 퇴보하는 자신
을 지켜보며 느낀 절망감이 자살의 가장 큰 원인일 것이다.

경제적 어려움뿐일까? 정신적으로도 버틸 수 없게 하는 사람이
주변에 있다면 이 역시 자살의 이유가 되기도 한다. 내가 아무리

잘해 봐야 나를 통제하는 사람이 괴롭힌다면, 그 괴롭힘이 강한 스트레스로 한 사람의 영혼을 파괴한다면 버틸 수 있는 사람은 그렇게 많지 않을 것이다.

지난 4일 ○○군청 신규 공무원인 38살 A 씨가 자신이 살던 원룸에서 숨진 채 발견됐습니다. 경찰은 A 씨가 극단적인 선택을 한 것으로 판단했는데, 유족들은 고인의 통화 녹취 등으로 볼 때 직장 상사의 괴롭힘이 죽음의 원인이라고 주장했습니다.

"맨날 1시간에서 2시간 사이로, 그것도 서서 욕을 먹고 '(상사가) 네가 도대체 종일 뭐 하고 앉아 있냐?'고 하면서 진짜 갖은 수모는 다 (겪고 있다)." ⟨A 씨 / 숨진 ○○군청 공무원(생전 통화 녹취 내용)⟩

⟨연합뉴스TV⟩, 2024년 3월 26일

정신적으로 황폐해진 사람이 선택할 수 있는 탈출구로 자살이라는 방법밖에 없었다는 게 서글프다. 더는 있고 싶지 않은 곳, 한마디로 지옥과 같은 곳에서 버틸 수 없었던 거였다. 우리는 위의 기사를 통해 단테가 말한 '지옥'이란 곳을 어렴풋이 알 수 있다. 지옥이란 뜨거운 곳, 차가운 곳, 어두운 곳도 아닌 '희망이 없는 곳'이다.

단테가 말하는 지옥은 희망이 없는 곳이다. 그 희망 없음의 강도는 잔인하다. 지옥에서의 희망 없음이란 죽음의 희망조차 없음을 말한다. 즉 죽는 것조차 마음대로 되지 않는 곳이 지옥이다. 지금 우리에겐 어떤 희망이 있는가? 희망의 종류는 일단 무관하다. 희망이 있음을 인정하는 것만으로도 우리의 삶은 최소한 지옥 같지는 않을 것이다.

물론 무한정의 희망이 무조건 옳다고만 할 수는 없다. 예를 들어 인간은 하늘 높이 날기를 욕망한다. 하늘을 나는 새를 보며 '자유롭다'고 말하고 그것을 동경한다. 하지만 그리스 신화에 나오는 이카로스에 관한 이야기를 보면 자유란 위험이 따름을 알 수 있다. 이카로스는 아버지는 충고했다.

"너무 높이 날면 태양의 뜨거운 열에 밀랍이 녹으니 높이 올라가지 마라."

하지만 이카로스는 아버지 당부를 잊고 태양을 향해 날아가다 날개가 녹아서 떨어져 죽는다. 무절제 혹은 지나친 희망이 독이 된 셈이다. 그렇다면 이카로스의 삶은 실패했을까? 글쎄, 최후의 순간에 '아차' 했을 수도 있겠으나 그의 삶 전체는 희망과 동경을 바라볼 줄 아는 활력과 의지로 가득한 시간과 공간이 아니었을까? 단테에 따르면 이카로스는 최소한 지옥의 삶을 산 건 아니었다.

지옥의
특징 두 가지

단테의 여행은 지옥에서부터 시작됐다. 역사상 최초의 '지옥 전문가'고 단테를 일컬어도 괜찮지 않을까? 단테 그리고 지옥…. 이와 관련한 예술품이 있다. 우리가 익히 듣고 봐서 알고 있는 〈생각하는 사람〉이라는 조각상이 그것이다. 프랑스 정부는 1871년 화재로 타 버린 파리의 감사원 청사 자리에 미술관을 짓는다. 이때 입구에 화려한 조각상을 설치한다.

단테의 신곡에서 영감을 얻어 수백 명을 조각했는데, 특히 지옥에 관련된 조각을 많이 해서였는지 〈지옥의 문〉으로 이름 붙여졌다. 조각가 르네 프랑수아 오귀스트 로댕의 작품으로 출입구 위쪽 끝에 걸터앉은 〈생각하는 사람〉이 유명하다. 그런데 웅크리고 앉아 생각에 잠긴 이 남자의 정체가 단테라고 한다.

지옥을 물끄러미 바라보는 단테는 무슨 생각을 했을까? 그 생각의 결과가 우리가 읽고 있는 신곡의 지옥 편일 것이다. 단테는 수백 년이 지나 자신을 모델로 한 조각상이, 그것도 〈지옥의 문〉으로 이름 붙여진 출입구에 만들어질 걸 예상했을까?

신곡의 지옥 편에 나오는 지옥 입구에는 다음과 같이 쓰여져 있다.

"여기 들어오는 너희 모두 희망을 버려라."

지옥이란 '희망 없음'과 동의어라는 걸 다시 확인할 수 있다. 고통이 심해도, 괴로움이 극에 달해도, 희망만 있다면 그곳은 절대 지옥이 아니다. 반면 즐거워도, 기뻐도, 희망이 없다면 그곳은 지옥 그 자체다. 지옥에서 처절하게 울부짖는 자들을 보며 단테가 베르길리우스에게 "어떤 고통을 받기에 지옥에서 이들이 이토록 처절하게 울부짖는지요?"라고 묻자 들은 대답 역시 그러했다.

"여기 있는 이들은 죽음의 희망조차 없다. 앞을 볼 수 없는 생활이 너무도 절망스럽기에 언제나 다른 운명만을 부러워한다."

지옥의 특징이 명확해졌다.

첫째, 희망이 없다. 심지어는 죽음의 희망조차.
둘째, 희망이 없는 삶에 절망하여 내 운명이 아닌 다른 사람의 운명만을 부러워한다.

나는 내 운명의 주인공이다. 내가 인생이라는 사건의 한복판에 있다. 그러므로 내 운명을 두고 바깥에서 팔짱 끼고 바라보는 구경꾼처럼 행동하는 건 옳지 못하다. 타인의 운명을 부러워하느라 내 인생을 쉽게 포기하는 건 직무 유기를 범하는 것과 같다. 거기에 희망까지 포기해 버린다면 남는 건 영원한 고통뿐이다.

천국으로 가기 위한
조력자가 필요할 때

희망 없는, 끝없는 고통으로 가득한 지옥의 반대편에는 천국이 있다. 그렇다면 천국은 어떤 모습일까? '희망 있음', 이외에 또 어떤 특징이 있을까? 천국 편 끝맺음 부분에 이런 말이 나온다.

"내 소망과 의지는 이미 일정하게 돌아가는 바퀴처럼 태양과 다른 별들을 움직이시는 사랑이 이끌고 있었다."

《천국 편, 제33곡》

지옥의 특성을 반대로 하면 천국의 모습이 될 것이다. 천국이란 이런 곳 아닐까?

첫째, 희망이 있다.
둘째, 다른 사람이 아닌 내 운명에 충실할 줄 안다.
셋째, 잘 살아가기 위해 누군가의 도움을 받는 걸 꺼리질 않는다.

혼자의 힘으로 희망을 얻기에는 많은 어려움이 있다. 그럴 때 '태양과 다른 별들을 움직이는 사랑'처럼 나를 희망으로 향하게 하는 사랑을 찾아 보면 어떨까? 우리의 진정한 희망을 삶에 가득히 채우기 위해서는 반드시 누군가의 안내가, 가이드가 혹은 지침이

살 것인가? 포기할 것인가?
인생은 우리의 의지에 달렸다.

있어야 한다.

지금껏 살아온 길을 무작정 고수만 하는 게 아니라 자기 발전을 위해 기꺼이 더 나은 삶을 위해 변화하려는 의지가 있다면, 단테의 시대에서는 안내, 가이드 혹은 지침은 창조주이자 절대자인 '그 누구'가 필요했다. 그렇다면 지금의 시대에서는 아마도 신곡이란 책 한 권이 될 수 있지 않을까? 지옥과 연옥 그리고 천국을 단테의 눈을 빌려 관찰하면서 자기 모습을 되돌아보는 시간을 가져야 할 때다.

지옥, 연옥, 그리고 천국을 여행하는 단테의 시선으로 우리의 삶을 되돌아본다면 우리에게 필요한 희망이 무엇인지, 그 희망을 가로막는 건 무엇인지, 도대체 무엇을 어떻게 해야 하는지를 깨닫는 계기로 삼을 수 있다. 눈물이 우리의 일상을 뒤덮기 전에, 악한 영혼이 우리의 마음을 갉아먹기 전에, 요동치는 갈등이 우리의 인간관계를 엉망으로 만들기 전에 단테의 이야기에 귀를 기울여야 한다.

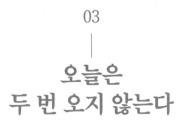

오늘은
두 번 오지 않는다

"눈으로 이 하늘의 정원을 날아 보아라. 하늘의 정원을 바라보는
것은 하느님의 빛을 직관할 준비를 하는 것이다."

《천국 편, 제31곡》

'중요한 것은 꺾이지 않는 마음.'

2022년 카타르 월드컵에서 한국 국가 대표팀이 포르투갈을 꺾
고 월드컵 16강에 진출했다. 이를 축하하면서 대한축구협회는 인
스타그램에 "중요한 것은 꺾이지 않는 마음"이라는 문구를 태극기
사진과 함께 게시했다. 멋졌다.

나이가 들수록 오히려 꺾이기만 하는 나 자신을 발견한다. 그래서 더 그 문구가 멋져 보였다. MZ 세대가 나약하다는 말을 하는 사람도 있다. 하지만 오히려 요즘 우리 청년들은 중년 세대보다 진취적이고 또 긍정적이다. 그 모습에서 힘이 느껴진다. 대한민국의 새로운 가치로서 '중꺾마'의 정신이 가득하기를 한편으로 바라는 바다.

꺾이지 않는다는 것은 무엇일까? 중도에 포기하지 않는 것을 말한다. 성공의 반대말은 실패가 아니다. 아무것도 시도하지 않음이다. 우리에게 필요한 건 새로운 도전에 거침이 없는 여유로우면서도 강렬한 의지다. 어떤 마음으로 중꺾마를 현실에서 이루어 낼 수 있을까?

첫째, 자기 성장을 위한 과감한 도전이다.

자기 성장을 위해 필요하면 자신의 역량에 투자할 수도 있어야 한다. 오랫동안 한 직장에 다니면서 특별히 자신을 위한 도전에 고민해 보지 않았다면 게으른 것이다. 미래를 위한 괜찮은 취미를 찾아보든지 업무와 관련된 학업을 해 보는 것도 괜찮다.

둘째, 자기 능력에 대한 냉정한 평가 및 부족한 점의 보완이다.

나는 문과 출신이다. 학부에선 경제학을 전공했고 대학원에선 HRD로 석사 학위를 취득했다. 그 과정에서 나 자신에게 부족했던 관계 회복 능력, 커뮤니케이션 역량 등을 배웠고 그 결실로 수많은 도서를 출간했다.

셋째, 중도에 어려움이 생기더라도 포기를 포기하고 계속해서 도전하는 것이다.

사실 나 역시 이런저런 도전의 과정에서 수없이 많은 실패를 경험했다. 명상을 공부하고자 대학원에 입학했으나 3학기 만에 자퇴할 수밖에 없었고, 더 어렵게 입학한 법학 박사 과정에서는 일과 학업의 병행에 대한 부담감으로 포기할 수밖에 없었다. 하지만 지금도 무엇인가를 도전하고 있기에 과거의 포기를 후회하지는 않는다.

중요한 건 꺾이지 않는 마음이다. 취업 준비의 과정에서 나에게 도움을 요청했던 한 젊은 친구가 있었다. 나는 그에게 "한두 회사 지원했다 불합격했다고 낙심한다면 그건 당신이 원하는 일에 대한 예의가 아닙니다. 최소한 100개, 가능하면 300개 정도의 회사에 지원하세요"라고 조언했던 적이 있다. 결국 한국 굴지의 유통 회사에 입사한 그는 지금 후배들에게 "100번 정도 지원하는 건 기본이다"라는 말을 아낌없이 한다고 했다.

수십, 수백 곳에 지원하여 불합격했지만 계속해서 도전하는 모습, 실패를 거듭하면서 왜 불합격했는지 나름대로 원인을 분석해 다음 지원서에 더 보완하면서 자기 성장을 이루는 모습이 우리가 지녀야 할 삶에 대한 태도다. 그리고 끊임없이 새로운 도전을 해야 한다.

사실 새로움이라는 단어는 서른을 지나 마흔 그리고 오십이 될수록 더욱 간절해야만 한다. 잃었던 젊음의 감각은 나이가 들수록 그리워지고, 새로운 부활은 오히려 절실한 존재다. 새로운 시작, 즉 '두 번째 생일'이 필요한 시간이다. 참고로 두 번째 생일이란 지금 사는 세상이 천국인지 지옥인지, 잘 사는지 못 사는지 고민할 시간에 앞으로 나아가는 삶의 전환점이다.

두 번째 생일. 낡은 것과는 작별하고 싶고, 새로운 것을 향해 나아가는 순간이다. 단 한 번뿐인 인생에서 아까운 시간을 낭비하지 않으며 과감하게 도전하는 정신이다. 두 번째 생일은 주어지는 게 아니다. 만드는 것이다. 두 번째 생일이 긍정적이고 강렬하지 못하면 우리가 가야 할 곳, 아니 우리가 있어야 할 곳은 지옥이다.

"그곳은 밤도 아니고 낮도 아니었다. 나는 앞을 내다볼 수 없었다."

《지옥 편, 제31곡》

낡은 앎에 매달린 채 과거만 한탄하는 삶은 지옥의 모습이다. 지옥과 반대 개념으로서의 천국은 어떨까? 서로 바라본다. 모든 것이 잘 보인다. 좋은 걸 볼 줄 알며 미래에 대한 희망을 잃지 않는다. 그렇게 새롭게 두 번째 생일을 만드는 사람들로 가득한 곳이 천국이다. 지금, 여기에서 천국을 만나고 싶다면 앞을 내다보는 용기가 필요하다.

빛은 전혀 없고
소리만 가득한 지옥

단테는 서로 바라보지 못하는 사람들을 저주했다. 지옥은 바라봄으로 가득한 천국과는 달리 소음으로 시끄럽기만 하다고 단테는 말한다. 지옥은 오직 고통과 절규의 소리만이 시공간을 지배한다. 그뿐 아니다. 소리만 가득할 뿐 아무것도 보이지 않는다.

'바벨탑'이란 곳이 있었다고 한다. 《구약성경》의 〈창세기〉에 등장하는 건축물이다. 바벨탑은 하느님을 모시던 사람들이 '도시 한가운데에 꼭대기가 하늘에 닿을 정도로 높은 탑을 쌓자. (하느님 말고) 우리 이름을 세상에 알리자'는 취지로 만들었다고 한다. 이를 본 하느님이 분노한다.

'감히, 이것들이….'

불벼락을 내렸을까? 아니다. 바벨탑을 쌓던 사람들이 쓰는 말을 뒤섞어 놓기만 했다. 말이 뒤섞여 버린 사람들은 자신들이 세우려던 탑을 더 이상 쌓지 못한 채 세상 여기저기에 뿔뿔이 흩어졌다. 알고 보니 '바벨(Babel)'이란 '뒤섞다'란 뜻이다. 뒤섞여 알아들을 수 없는 소리만 가득한 곳, 단테가 말하는 지옥이다.

말만 가득한 세상이 지옥이다. 아름다운 볼거리로 꽉 찬 천국과는 다르다. 사후 세계가 있다면, 그래서 죽음 이후에 어디로 갈지 궁금하다면, 일단 죽고 나서 눈을 다시 떴을 때 소리가 지배하는 곳인지 빛이 지배하는 곳인지만 확인하면 된다. 어둡고 시끄러운 곳에 있다면 지옥의 입구이고, 조용하고 빛이 가득하다면 최소한 연옥으로 가는 길에 있는 것이니까.

말만 가득한 세상에서는 과연 어떻게 살아갈까? 답답할 것이다. 단테를 이끌던 베르길리우스 역시 말했다.

"그의 말이 누구에게도 통하지 않듯이 그에게는 어떤 말도 통하지 않는다."

베르길리우스는 지옥의 특성을 '불통'이라고 선언한다. 서로를 바라볼 줄 모르고 오로지 말만 하는 사람뿐이니 소통이 이루어질 리가 없다.

지옥은 지금 우리 주변에도 일종의 관계로서 존재한다. 누군가와 함께 있을 때 자기 말만 하고 있다면, 서로 바라보지 않는다면 그 관계는 지옥 그 자체다. 바라보지 않는 곳, 바라볼 수 없는 곳, 한마디로 빛이 있음을 알아차릴 여유조차 없이 오로지 말만 가득한 곳, 그곳이 지옥이다. 실제로 지옥으로 들어가는 입구에서 단테는 이렇게 말했다.

"나는 빛이 전혀 없는 곳으로 향했다."

《지옥 편, 제4곡》

한 번뿐인
인생을 위해 바라보기

세상이 어지럽다. 인생이 나락으로 빠졌다고 생각하며 절망과 고통이 가득한 삶을 사는 사람이 많아졌다. 이러한 때일수록 '소리'보다는 '빛'에 관심을 두는 것만이, 그렇게 자기만의 별을 따라갈 수 있을 때만이 잘 사는 방법이 된다. 무엇보다 '바라보기'가 먼저다. 바라볼 줄 모르는 사람에게 천국이란 없다.

물론 바라보기가 쉽지는 않다. 일단 나 자신을 바라보기조차 힘들다. 나를 바라보기도 힘든데 남을 바라보는 건 얼마나 어려울 것인가. 바라보는 건 사실 시작일 뿐이다. 무언가를 바라보고 해석하는 방법의 차이도 문제다. 하나의 사물을 두고도 서로 다른 시각으로 인식하는 경우가 얼마나 많은가. 그러니 불통이 생기고 관계는 엉망이 된다. 지옥인 셈이다.

이런 이야기를 들었다. 남편이 집에서 담배를 피워 불만인 아내는 어떻게 해서든지 금연을 시키고 싶었지만 아무리 부탁을 해도 남편은 들은 체 만 체였다. 어느 날 아내가 배달된 신문을 봤다. 그곳에는 '담배를 피우면 암에 걸린다'가 큰 기사로 걸려 있었다. 부인은 뛸 듯이 좋아했다. 자기 말은 안 들어도 전문가의 말은 들을 것 아닌가. 남편에게 바로 그 신문을 보여 줬다. 남편은 그 신문을 보고는 아내에게 말했다.

"여보. 매직 펜 좀 줘요."

아내는 남편이 안방에 금연이라고 크게 써 붙일 줄 알았다. 하지만 남편은 아내가 준 펜을 받자마자 A4 용지에 크게 '신문 사절'이라고 써서는 문밖에 붙여 놓았다. 부인과 남편은 달랐다. 다른 경험으로 살아온 남편이 부인의 생각과 같아지기는 힘들다.

나와 다른 경험을 지닌 사람들은 하나를 보더라도 그 해석을 달리한다. 그러니 어떻게 보는가도 당연히 중요하다. 하지만 그렇다고 해서 바라보기조차 포기해선 안 된다. 바라보지 못하는 순간 나를 대하는 세상도, 내가 대해야 하는 세상도 모두 지옥으로 변해 버리기 때문이다. 일상에서도 그렇다. 상대방과 마주할 때 상대의 얼굴이 보이기보다 상대의 말만 들린다면 그건 관계의 지옥이다.

천국은 함께할 때, 서로 바라볼 수 있을 때 가능한 곳이다. 한 번밖에 주어지지 않는 삶에서 서로 바라보며, 서로 격려하며, 함께 살아가는 게 옳다. 지금 삶에서 말만 넘쳐흐른다는 걸 깨달았다면 어디를 바라보고 있는지, 어떻게 바라보고 있는지 잠시 멈춰서 생각해 봐야 한다. 그때 우리는 '부활'할 수 있다. 거듭남, 즉 두 번째 생일을 꿈꿀 수 있는 셈이다.

천국 편 끝부분에 나오는 이야기다.

"눈으로 이 하늘의 정원을 날아 보아라. 하늘의 정원을 바라보는 것은 하느님의 빛을 직관할 준비를 하는 것이다."

바라본다는 건 하나의 자아가 아니라 여러 자아를 함께 품을 줄 아는 자세다. 인생에서 길을 잃고 헤매는 자신을 발견했다면 내 입에서 나오는 말들의 양 그리고 질을 살피되 한편으로 주변에서 나를 바라보는 사람들을 얼마나 따뜻한 눈으로 대하고 있는지 확인해야 한다. 소리, 아니 소음은 줄이고 바라보는 횟수를 늘려야 한다. 두 번째 생일을 위해서라도.

버릴 줄 알아야
비로소 채워진다

욕심에 대한 깨달음

04

목구멍의 즐거움만 좇다가는
갈증과 허기만 깊어진다

"내가 진리를 당신에게 보여 준다면 당신은 등 뒤에 있는 것을 마치 앞에 있는 듯이 볼 수 있을 것이다."

《천국 편, 제8곡》

늙지 않고 젊게 살고 싶은 욕망은 나이가 들수록 더해만 간다. 나이가 들어도 오래도록 건강하고 젊게 살기를 희망하는 이 역설적인 상황을 해결할 방법은 없을까? 결론적으로 우리가 가장 두려워하는 노화로 인한 질병은 자연스러운 현상이 아니라 우리가 살아가는 생활 방식이 만들어 낸 결과물이라는 점을 먼저 기억해야한다.

특히 먹는 게 문제다. "먹는 것이 결국 나다"라는 말처럼 무엇을 먹느냐에 따라 우리의 몸도 달라진다. 문제는 먹을 게 너무나 많다는 점이다. 좋은 걸 먹기보다는 맛있는 것을 탐닉하니 오히려 먹는 것이 우리의 몸을 해치고 있다. 특히 '현대인의 병'으로 불리는 당뇨는 먹는 습관으로 인해 발생하는 대표적인 병이다.

내가 풍족할수록
타인은 빈곤해진다

먹는 걸 조절하지 못하면 오직 자기 몸만 해할까? 아니다. 단테에 따르면 탐식, 즉 '음식을 탐내어 먹는 것'은 지옥에 떨어지는 죄의 일종이다. '너무하다. 먹는 것까지 죄가 되는가?'라고 생각했다면 단테가 이른 또 다른 지옥의 모습을 보면서 생각을 가다듬으면 어떨까 한다.

단테가 다다른 지옥에는 머리가 세 개 달린 사나운 개가 있었다. 그 개는 일단 자기 영역으로 들어오는 자는 막지 않는다. 하지만 한번 들어오면 그 누구도 나가지 못하게 막는다. 들어올 때는 마음대로지만 나가는 건 불가능하다. 음울하고 서늘한 기운마저 감도는 이곳에는 눅눅한 비가 사정없이 내린다. 비는 우박이 되고 눈이 되어 어두운 하늘에서 쏟아지기도 하는데 이 비를 머금은 세상의 땅에선 이상하게도 악취를 뿜어낸다.

이런 지옥은 도대체 어떤 사람들이 도달하는 곳일까? 들어가는 건 마음대로지만 나올 때는 마음대로 되돌아 나올 수 없는 차갑고 축축하고 악취가 나는 곳.

탐식이 문제였다. 탐욕스럽게 먹는 자들이 이 지옥에 떨어진다. 먹을 때는 마음대로 먹지만 나갈 때는 편안하게 나가지 못하는, 소화 안 되는 음식을 먹은 느낌이 들 것이다. 소화가 되질 않으니 그 음식들은 고스란히 부패하여 몸속에서 차가운 기운만 남긴다. 그러니 그토록 지독한 악취를 풍긴다.

건강한 사람은 몸이 따뜻하고 몸이 차가울수록 암에 걸리기 쉽다고 한다. 단테가 말한 탐식의 죄를 지은 자들이 가는 지옥이 딱 그렇다. 지나치게 많이 먹어서 소화가 안 되고 거기에 차가운 기운만 가득하니 몸에서 암세포가 스멀스멀 생겨날 것 같은 곳. 차갑고 우울하면서도 악취 가득한 지옥을 바라보던 단테를 향해 한 사람이 벌떡 일어나서 자신의 신세를 한탄하기 시작했다.

"단테, 당신이 살던 도시에서 한때 나는 아주 평온한 생활을 누렸소. 그곳 사람들은 나에게 '차코(돼지)'라는 별명을 붙였는데 그 정도로 잘 먹었다는 말이오. 하지만 그 빌어먹을 탐식은 결국 내 비참한 영혼의 이유가 되었소. 그리고 보다시피, 지금은 이놈의 비 때문에 녹초가 되었소."

《지옥 편, 제6곡》

세상에서 차코는 말 그대로 행복했다. 밝고 평온하게 일상을 누렸다. 그러나 단 한 가지, 자신의 탐식을 다스리지 못하여 지옥에 떨어졌다. 이상하다. 왜 탐식이 지옥에 가는 문제가 되는 것일까? 지극히 개인적인 문제 아닌가?

아니다. 단테가 생각할 때 탐식은 당사자만의 문제가 아닌 주변에 있는 모든 사람에게 영향을 주는 심각한 문제였다.

탐식이 문제가 되는 이유는 도대체 무엇일까? 내 돈 내고 내가 먹겠다는데 그게 왜 지옥에 가야 할 벌인지 쉽게 이해가 되지 않는다. 내가 노력해서 번 돈을 음식과 사치품에 과소비했다고 지옥에 간다는 게 가혹하다고 생각할 수도 있다. 단테의 시대로 본다면 그 당시에는 탐식이 죄가 되었다. 나 혼자만의 탐식은 결국 '빈자의 배고픔'으로 이어지기 때문이었다. 단테는 탐식이 건방진 태도의 일종이라고 말한다.

"상대방이 아무리 울어 대고 발버둥 쳐도 이들은 오랫동안 거만한 눈으로 굽어 보며 그들의 적을 무겁게 내리누를 것이오."

단테는 탐식이란 오만과 시기 그리고 탐욕이 인간의 마음에 남아 있을 때 생기는 죄악의 표출과도 같다고 이야기한다. 그러니 그런 사람들은 비가 차갑게 내려 질척대는 지옥의 땅에서 뒹굴게 되는 벌을 받을 수밖에 없다. 배고픔에 고통받는 사람들을 살피지

절제에서 오는 여러 축복 중 하나는
다른 사람과 함께 나눌 수 있다는 것이다.

못하고 최소한의 따뜻한 시선조차 보내지 않는 사람들이 받아 마
땅한 벌인 것이다.

탐식의 반대는
금식이 아니다

진정 강한 자가 되고 싶지 않은가? 강한 자는 건강하며, 건강을
위해서 음식부터 조절할 줄 안다. "내가 먹는 것이 바로 내가 된
다"라는 말을 잊지 않는다. 탐식, 즉 지나치게 먹는 것에 빠지지
않는다. 먹는 행위에서 희열을 느끼는 우매함 정도는 스스로 벗어
날 줄 안다. 야식, 폭식을 조절할 수 있다면 당신은 진정으로 강한
사람이다.

탐식에 빠진 사람들에 대한 단테와 그를 인도하는 베르길리우
스의 태도는 냉정했다. 단테가 탐식으로 인해 고통을 받는 자들을
바라보며 물었다.

"선생님. 이곳에서 저자들이 받는 고통은 앞으로 조금 줄어들
까요, 아니면 더 강해질까요. 그것도 아니면 지금 이대로일까요?"

차갑고 눅눅한 진흙탕 대지에서 있어야 하는 자들에 대한 안타
까움이 담긴 질문이었다. 그러나 베르길리우스의 답은 냉정했다.

"기쁨이든 고통이든 모든 것은 완전하면 완전할수록 더 뚜렷한 법이다."

탐식으로 즉각적인 기쁨의 순간을 얻은 사람들은 그만큼이나 선명하게 고통을 받아야 한다는 것이다. 단테는 신곡을 통해 '지나치게 풍족함'을 경계하라고 말하고 싶었던 것 같다. 먹을 때뿐만이 아니라 재산을 불렸을 때나 사회적 명성을 높일 때도 마찬가지다. 최고의 순간은 스치듯 지나가는데 그때 우리가 자신의 음식, 재산 그리고 명성을 조절하지 못하면 나락의 순간으로 향함을 주의하라는 것이다.

"그래도 다 먹고살자고 하는 짓이지!"

이러한 말을 많이 한다. 하지만 생각해 보자. 우리는 지금 너무 많이 먹어서 문제 아닌가? 동양에서도 수행할 때 욕구를 억제하는 것을 기본으로 하며 여기에는 인간의 본질적 욕구 중 하나인 식욕도 포함되어 있다는 것을 보면 '탐식에의 절제'는 인간이 쌓아야 할 덕임이 명백하다. 내 앞에 놓인 음식을 보면서 기뻐하기 전에 뒤를 한번 돌아볼 줄 알아야 한다.

"내가 진리를 당신에게 보여 준다면 당신은 등 뒤에 있는 것을 마치 앞에 있는 듯이 볼 수 있을 것이다."

탐식에 대한 경계, 절제에 대한 고민 등은 오로지 나 자신에 관한 것만이 아니다. 나보다 더 어려운 사람들에 대한 연민의 감정을 고민해 보자는 게 핵심이다. 뒤를 돌아볼 줄 아는 것, 음식이든, 돈이든 혹은 마음이든 관계없이 나보다 더 안 좋은 환경, 그렇게 어려운 처지에 있는 사람들의 고통을 생각할 줄 알라는 게 단테가 우리에게 말하려는 화두였을 테다.

내 입에 들어가는 것을, 내가 쓸 수 있는 것을, 내가 풍족하게 가진 여유를 부족한 그 누군가에게 돌려줄 수 있어야 한다. 이렇게 보면 탐식의 반대말은 금식이 아니다. 탐식의 반대말은 '나누기'가 된다. 금식 자체가 의미가 있는 게 아니고 그것이 다른 선한 일을 위한 것이 될 때 의미가 있다.

"자기 자신이 음식을 줄이고 또 금식하여 그것을 가난한 사람들에게 나누는 행동은 하늘에 보물을 쌓는 행동과 같다"라는 말이 있다. 개인의 부당한 욕심으로 누군가에게 피해 입히는 행위에 관한 경계라 할 수 있다. 뒤를 돌아볼 줄 아는 사람, 눈앞의 풍성함에 현혹되지 않는 사람, 그 사람이 자신 내면을 잘 가꿀 줄 아는 진정한 인생의 강자다.

단테는 상상을 통해 내세, 즉 지옥과 연옥 그리고 천국을 묘사했다. 하지만 이 모든 것이 그저 상상 속의 환상이 아니다. 단테는 자신이 직접 본 현실을 비유적으로 설명했다. 즉 단테의 내세 이야기는 그 자체로 우리의 현실이다. 현실이 지옥처럼 되지 않도록 나의 배를 채우기 전에 뒤를 돌아볼 줄 아는 우리가 되기를 기대해 본다.

05

돈을 잘못 쓰고 잘못 가지면
구렁텅이에 떨어진다

"만족할 수도 있었던 그들이 헛되이 바라는 것을 그대들은 보았으
니, 그들은 영원히 통곡할 자들이다."

《연옥 편, 제3곡》

"낭비벽이 심했다. 여럿이 먹는 자리에서 늘 내가 돈을 냈다.
오늘 만약 10만 원을 벌었다면 내일 20만 원을 써 버리면서 빚을
지게 되었다. 아내는 고생하면서 먹을 거 안 먹고 자식을 키웠는
데… 미안하다. 그리고 고맙다."

한 원로 가수의 고백이다. 젊었을 때는 돈을 잘 벌었다던 그는

벌어 놓은 돈을 모두 흥청망청 소비하는 바람에 노인이 되어 고통스럽다고 말한다.

"옛날처럼 여유가 있고 경제적으로 넉넉한 편이 아니기 때문에 가족을 돌볼 수 없는 처지가 됐다. 돈도 없고 힘도 없는 사람이 옆에 있으면 아내에게는 짐이 된다. 그래서 그냥 일자리 찾는다고 말하고는 후배들 혹은 작곡하는 친구의 사무실에서 기거하면서 아내와 떨어져 산다."

이제는 가족을 돌볼 수 없다니, 무책임하다. 가진 돈 모두를 써버리고는 '현재를 살아간다'고 변명하는 것은 결국 현재의 풍요로움만 추구하다 빈곤한 미래를 필연적으로 맞이하게 된다는 걸 외면하는 일종의 죄악이다. 단테는 자기의 분수를 넘어선 낭비벽도 당연히 지옥에 떨어져야 하는 중한 죄라고 말한다.

인생의 가치가 돈이었던 사람이 가는 지옥

돈, 쓰는 것만이 문제일까? 쓰지 못하는 것도 문제다. 단테가 목격한 지옥이 그랬다. 지옥의 한구석에 수많은 무리가 충돌하고 있었다. 마치 맹렬하게 마주 오는 파도가 부딪쳐 부서지는 것처럼 보였다. 커다란 원을 그리며 한쪽에서 다른 쪽으로 또는 다른 쪽에서 한쪽으로 맴돌았다. 그러다 서로 마주치면 다시 몸을 돌려 자기가 걸었던 길로 되돌아가 다른 쪽에 이른다.

끝도 없이 서로를 마주 보며 원을 돌고 또 부딪치는, 부딪칠 때마다 비명을 지르는 곳, 그 지옥은 돈을 낭비하는 사람 그리고 돈을 극단적으로 모으기만 한 사람이 가게 될 곳이다. 오로지 돈이 모든 판단의 기준인 사람들이 결국 다다르게 되는 지옥이다. 단테는 그 지옥의 풍경을 이렇게 묘사했다.

"거기에서는 돈이라면 '아니요'가 '예'로 변한다네!"

《지옥 편, 제21곡》

지금도 마찬가지 아닌가. 돈이라면 세상 모든 게 가능하다고 말하는 시대다. 돈이 있으면 그른 것이 옳은 것으로 둔갑하기도 한다. 생각해 보니 지금 우리가 사는 세상이 지옥에 갈 것을 기다릴 필요도 없는 지옥 그 자체가 아닌가 싶다. 돈이 전부가 되어 우리의 몸과 영혼을 피폐하게 만드니 말이다.

"다른 어느 곳보다도 여기서 더 많은 무리를 보았다. 그들은 여기저기서 있는 힘껏 비명을 지르며 가슴으로 무거운 짐을 밀어내고 있었다. 함께 부딪치고 엎치락뒤치락하면서 저마다 몸을 돌려 뒤를 보며 이렇게 외치고 있었다.

'왜 그렇게 모으기만 하지?'
'왜 쓰기만 하는 거야!'"

《지옥 편, 제7곡》

우리는 지금 무슨 생각을 하며 사는 걸까? '왜 이렇게 모으기만 하지?' 혹은 '왜 이렇게 쓰고만 있는 거지?'라고 생각이라도 하는 걸까? 그런 생각조차 못하고 모으고 또 쓰고 있는 건 아닐까? 단테가 말하는 지옥 그 이상의 지옥에서 하루하루를 살아가고 있는 건 아닐. 세상의 돈에 짓눌려 살아갈 수밖에 없는 우리, 절대 내 안에서 나를 강하게 만들 수 없다.

"왜 그렇게 썼던 거야!"

지옥에 있는 사람들의 고통스러운 이 외침이 현대를 살아가는 일부 사람들이 먼 미래에 후회하면서 말할 문장이 될 수도 있다. 언제부터인가 "플렉스해 버렸지, 뭐야!"라는 말이 흔하게 들려오는데, 혹시 그들이 미래에 지옥에 떨어져 "왜 그렇게 썼던 거야!"라고 외치면서 살아생전 자신의 모습을 힐난하게 될 수도 있지 않을까?

우리는 돈에 대해
어떤 태도인가

단테는 낭비만큼이나 인색함도 죄악이라고 말한다. 지나친 검약은 결국 지나친 소비와 다를 바 없다는 것이다. 이상하다. 왜 검약이 지옥행의 시작이 될까? 절제를 모르고 자신의 부를 함부로 쓴 사람의 죄만큼이나 다른 사람들의 돈에 눈독을 들이며 오직 긁어모으기만 하는 사람 역시 큰 죄를 짓는 것이다.

단테는 낭비하는 사람이나 돈을 모으기만 하고 쓸 줄 모르는 사람 모두 '잘못 쓰고 잘못 가져간 사람들'로서 서로 반대 방향에 있을 뿐 결국 하나의 지옥에서 벌을 받아야 하는 사람들이라고 말한다. 돈을 함부로 쓰는 사람이나 무조건 모으기만 하는 사람이나 어느 순간 그 돈이 자신과 멀어지면 세상의 진정한 가치는 외면한 채 오로지 돈만 생각하며 울부짖고 괴로워한다는 것이다. 단테는 돈에 좌우되는 사람들의 모습에 혀를 차며 말한다.

"재화는 운명의 손에 들려 있건만 우리 인간은 그것을 두고 그토록 처절하게 싸운다. 이 얼마나 덧없는 일인가!"

무절제한 낭비와 극단적인 탐욕, 둘 다 단테가 문제로 삼은 근본적 이유는 무엇일까? 단테는 우리가 진정 관심을 두어야 할 것들을 외면하게 한다는 점에서 문제라고 생각했다. 우정, 사랑, 그리고 인간관계 등 사람에게 더욱 귀중한 가치가 우리 주변에 얼마든지 있음에도 이를 외면한 채 오로지 돈의 노예가 되어 그 돈에 휘둘리게 되니 그런 사람은 지옥에 떨어지는 게 마땅하다는 것이 단테의 통찰이다.

단테가 묘사하는 인색한 사람들과 낭비하는 사람들이 겪어야 하는 최악의 고통은 단순히 서로 부딪치는 것에 끝나지 않았다. 그들은 어둠 속에서 한 치 앞도 모른 채 방황해야 한다는 고통을 맞이한다. 그들은 결국 돈에 대한 탐욕 때문에 어둠 속에 머무르는 처지가 되어 버렸다.
죄인들의 절규다.

"잘못 쓰고 잘못 가져 결국 저들은 밝은 세상을 뺏기고 이런 악다구니에 처박혔다."

단테가 순례한 수많은 지옥 중에서도 특히 낭비와 탐욕으로 인한 지옥이 생생하게 마음에 다가온 느낌이다. 지금 우리의 현실을 그대로 보여 주는 것처럼 느껴졌기 때문이다. 쓸데없이 돈을 쓰는 자신을 발견했을 때, 반드시 써야 할 돈을 쓰지 못하고 주저하고 있을 때, 우리는 세상의 돈에 휘둘려 자신의 영혼을 피폐하게 만들고 있는 건 아닌지 스스로 반문해야 한다.

내면을 잘 가다듬을 줄 아는 자는 강하다. 강자는 돈에 가치를 둘 시간에 우정, 사랑, 관계의 가치에 주목하며 밝은 세상을 마주하고 어두운 세상은 멀리한다. 우리는 지금, 지옥에 이르는 약한 자의 길을 가고 있는가 아니면 천국에 다가서는 강한 자의 길을 걷고 있는가? 돈에 대한 자신의 태도를 살피면 스스로 그 해답을 알아낼 수 있을 것이다.

06

돈 때문에 다투는 것만큼
처절한 싸움도 없다

"탐욕이 모든 선(善)에 대한 우리의 사랑을 망쳐 놓았다. 그렇게 망쳐진, 사랑 없는 삶은 헛된 것일 뿐이다."

《연옥 편, 제19곡》

한번은 이런 이야기를 들었다.

나의 목표를 위해 술을 끊었다. 친구도 만나지 않는다. 사적 모임도 안 하고 있다. 오직 사무실, 집, 사무실, 집, 사무실, 집이다. 누군가 '왜 그렇게까지 사냐? 인생에서 돈보다 중요한 것이 많다'며 물어볼 수 있다. 하지만 나는 되묻고 싶다. 가난을 경험한 사람들에게 '이 세상에서 돈보다 중요한 게 많아 돈이 전부가 아니다'라고 말할 수 있는가? 가난을 겪어 보지 않은 사람은 가난이 얼마나 무서운지 짐작하지 못한다. 마음의 가난은 명상과 독서로 보충할 수 있으나 경제적 가난은 모든 선한 의지를 거두어 가고 마지막 한 방울 남은 자존감마저 앗아 간다.

빈곤은 예의도, 품위도 없다. 음식을 굶을 정도가 되거나 거처가 사라지면 인간의 존엄을 지킬 방법이 없다. 빚을 지는 일이라도 생기면 하루는 한 달처럼 길고 한 달은 하루처럼 짧아진다. 매일매일 배는 고픈데 빚 갚는 날은 매달 성큼 다가오기 때문이다. 나보고 돈만 밝히는 사람이라고? 나는 내가 사랑하는 사람을 지키기 위해 내가 해야 할 일을 할 뿐이다. 그것을 위해서는 어떠한 타협도 핑계도 대기 싫다.

사랑하는 사람과 결혼했고 아이도 생겼는데 매일 친구들하고 만나 술 마시고, 게임하고, 혼자 취미 생활을 하면서 '돈이 세상에 전부가 아니다'라고 말하는 사람에게 솔직히 욕을 한 바가지 해주고 싶다. 그렇게 살 거면 왜 결혼해서 배우자의 인생을 망치고 자식의 인생을 불행하게 하는가. 혼자 놀고먹고 취미 생활이나 하지. 종일 일터에서 열심히 일했으니 퇴근해서 나만의 시간도 필요하다? 나는 그렇게 말하는 사람과는 더 이상 말하고 싶지 않다. 그게 좋으면 그렇게 살아라. 나는 내일도 새벽 4시에 일어나서 1시간 경제 공부를 한 후 수영을 하고 출근할 것이다. 하루도 후회 없이 시간을 보낼 것이다.

본받고 싶지만, 한편으로는 갑갑하다. 이렇게까지 살아야 하는 곳이 대한민국인 걸까?

돈으로
경쟁하지 마라

한 해에 몇 천, 몇 만 명의 중국 유학생들이 한국에 입국한다고 한다. 그 이유는 단 한 가지, 바로 한국이 좋아서란다. 이상하다. 중국은 미국과 세계 1, 2위를 다투는 강국 아닌가? 도대체 뭐가 좋다고 한국까지 와서 학업을 하려 할까? 그런데 잘 생각해 보면 세계 1, 2위라는 순위는 오직 군사력과 경제력으로만 따졌을 때의 일이다.

사람이 밥으로만 사는가? 아니다. 그냥 사는 게 아니라 잘 사는 게 중요하다. 이러한 것들을 고려하면 문화적 우월성과 사회적 기반 시설, 그리고 사람을 사람답게 대할 줄 아는 우수한 국민성 등이 삶의 질을 결정한다. 이렇게 본다면 현재 세계 최고의 나라는 대한민국이지 않을까? 사실 군사력과 경제력 모두 세계 10위권 이내니 그렇게 빠지지도 않는다.

'한국인으로 태어난 것은 로또 1등 당첨과 다르지 않다'고 생각하는 다른 나라의 국민이 많다는 것을 아는지 모르겠다. 한마디로 대단한 민족, 대단한 나라에 우리가 살고 있다. 다른 나라 사람들은 어떤 이유로 이렇게 생각하는 것일까? 열정적인 교육열과 빨리빨리 문화를 포함한 부지런한 성격 그리고 역동적인 생활의 추구가 그 이유일 것이다.

하지만 불꽃 같은 부지런함이 치열한 경쟁과 겹치면서 오늘날 대한민국의 사회를 삭막하게 만들었다는 사실도 부인할 수는 없다. 모두 먹고살 만큼은 되었다. 오히려 밥 굶기가 쉽지 않다. 그런데 그 과정에서 극심한 양극화가 일어났고 비교 심리는 우리의 마음을 황량하게 한다. 우리는 말한다. "나는 가난하다"라고. 돈이 최고가 되었다.

물론 자본주의 사회에서는 돈이 최고일 수도 있다. 자본주의라는 말 자체가 돈이 근본이 되는 것이라는 뜻이다. 하지만 자기를 돈에 얽매인 사람으로 섣불리 재단하진 않았으면 한다. '나는 이렇다' 하면서 자기 정체성에 이상한 확신을 덧붙이는 순간 우리의 일상은 팍팍해질 것이다.

'너무 단단하면 부러진다.'

거친 삶에 굴복하는 것만큼이나 성공하는 삶에 연연하지 않았

더 많은 부를 얻기 위해
우리 인생에서 소중한 것들을 잃고 있지는 않는가?

으면 좋겠다. 장미 가시처럼 뾰족한 사람보다는 진흙처럼 품을 수 있는 우리가 되는 게 옳다. 돈도 마찬가지다. 돈이라는 프레임에 갇혀 세상 모든 걸 경쟁의 대상으로 보고 열등감에 파묻혀 사는 것만큼은 피해야 한다.

목에 걸린
돈주머니가 흡족한 사람

단테가 순례하던 지옥의 한구석에 사람들이 모여 있었다. 그들에게 불꽃이 비처럼 떨어졌다. 앉아 있는 곳은 뜨겁게 달구어진 모래로 가득했다. 뜨거운 바닥에 놀라 이리저리 펄쩍 뛰면서 한편으로는 날아오는 불꽃을 쳐 내느라 정신없는 모습이 마치 여름날에 벼룩, 파리, 빈대에 물어뜯기는 개가 주둥이와 발목으로 버둥대는 모습과도 같았다.

고통으로 가득한 그들의 모습 바라보던 단테는 이상한 점 하나를 발견했다.

"고통스러운 불꽃을 맞고 있는 사람들의 목에는 돈주머니가 걸려 있었다. 특정한 색깔과 표시가 선명하게 보였다. 그들은 돈주머니를 흡족하게 여기는 듯했다."

《지옥 편, 제17곡》

한 가지 예를 들어 보자. 명품으로 온몸을 도배한 한 사람이 있다. 그는 최고급 가죽으로 만든 비싼 일수 가방을 들고, 값비싼 시계를 손목에 차고 다닌다. 점점 화려하고 비싼 것을 추구하던 그가 사람마저 돈으로 평가하기 시작했다. 그의 지인들은 결국 그를 떠나기 시작했다.

그의 몸과 마음은 점점 썩어 들어가고 있었다. 특히 마음이 더 심하게 부패하고 있지만 그는 이러한 사실조차 인지하지 못한다. 그는 인생이 고통스러워지고 있다는 것도 모르고 오히려 여전히 웃고 있다. 왜? 비싼 일수 가방에는 돈이 가득하니까.

'고통스러운 불꽃을 맞는 중에도 목에 건 돈주머니를 흡족하게 여기는'이라는 말이 마치 지금을 살아가는 우리의 모습을 보여 주는 것 같아 섬뜩했다. 돈의 속성을 아는 것도 좋고, 돈의 귀중함을 알고 소중히 여기는 것도 당연하다. 하지만 경제적 자유를 이루기 위해, 부의 추월 차선에 오르기 위해, 진정으로 소중한 것을 놓치며 사는 건 아닌지 생각해 봐야 한다.

인생에서 자신이 할 수 있는 모든 것을 하지 않았다는 느낌에 괴로워할 수는 있다. 하지만 할 수 있는 것을 모두 다 했음에도 여전히 충분하지 않다는 자괴감에 사로잡힌다면, 그 대상이 돈이라면 우리의 인생은 너무나 탐욕으로만 도배되어 있는 것은 아닌지 스스로 돌아봐야 한다. 탐욕을 못 이겨 나의 시간과 영혼을 낭비하고 싶지 않다.

　지옥에서조차 자신의 고통을 잊게 해 주는 돈에 대한 탐욕으로 인해 사랑, 우정, 믿음, 신뢰 등의 소중한 개념들을 잊고 살았던 것은 아닌지, 즉 돈에 대한 열망으로 인해 잊고 있었던 가치들은 무엇인지 생각해 보는 시간을 가져야 한다.

07

욕망은 품을수록
자신을 더 초라하게 만든다

"그대는 금과 은으로 하느님을 섬겼으니 우상 숭배자들과 무엇이
다른가."

《지옥 편, 제19곡》

2016년에 개봉된 영화 〈빅쇼트〉는 2007년 미국뿐만 아니라 세계 경제를 휘청거리게 만든 서브프라임 모기지 사태 때의 실화를 바탕으로 했다. 빅쇼트란 말은 공매도를 뜻하는데, 영화의 실제 주인공인 마이클 버리가 서브프라임 모기지에 대한 공매도를 통해 일확천금을 번다는 내용이다. 영화의 내용도 내용이지만 개인적으론 영화 시작 부분에 나오는 작가 마크 트웨인의 말이 인상 깊다.

"곤경에 빠지는 것은 뭔가를 몰라서가 아니다. 뭔가를 확실히 안다는 착각 때문이다."

우리는 누구나 돈에 대해 잘 안다고 생각하지만 사실 착각인 경우가 많다. 본인을 비롯한 많은 사람이 돈으로 인해 곤경에 빠진 뒤에서야 자신의 부족함을 깨우친다. 좋게 보면 돈에 대해 무지하다는 사실을 깨달았을 때가 부자로 가는 출발점에 선 것이라고 할 수 있다.

'Money talks'란 말이 있다. 돈은 한 사람의 인생이 어떠했는지, 다른 사람과의 관계는 어떠했는지, 무슨 일을 했는지를 보여 준다. 우리가 돈을 벌고, 모으고, 사용한 모습들은 그 자체로 우리의 인생이다. 누군가를 알려면 그의 돈이 어디로 가는지를 보면 된다. 돈을 어떻게 벌고 어떻게 쓰는가를 알면 그 사람의 됨됨이와 인성을 알 수 있다. 하지만 여기에서 하나 확인해 볼 게 있다. 도대체 얼마만큼 모으고, 어떻게 써야 할까? 탈무드에 나오는 말이다.

"능히 베풀 수 있는 만큼의 재물만을 얻되 자선(慈善)과 구제(救濟)는 의무다."

능히 베풀 수 있을 정도로 모으고 자선과 구제에 돈을 써야 한다는 것이다. 이제 우리에게 다시 스스로 묻자. 우리는 지금 얼마만큼 모으고 어떻게 쓰는가?

살아생전 탐욕으로
가득했던 교황의 최후

단테가 구멍이 여기저기 뚫린 좁은 바닥으로 내려간 곳에는 구멍에 거꾸로 처박혀 다리를 버둥거리는 한 영혼이 있었다. 발에는 불이 붙어 있었다. 단테가 물었다.

"말뚝처럼 곤두박질한 사악한 망령이여! 당신이 누구인지 말할 수 있으면 말해 보시오."

지옥에 있는 모든 죄인에게 그런 것처럼 단테는 죄인을 향해 질문했다. 하지만 그는 화를 내며 자신이 누구인지, 자신의 죄는 무엇인지 쉽게 이야기하지 않았다. 하지만 단테는 이미 그의 존재를 알고 있었다. 그 죄인은 살아생전 교황이었다. 자기의 이름과 자기의 죄를 말하려 하지 않는 그를 향해 단테는 냉정하게 저주를 퍼부었다.

"당신은 거기 그대로 있으시오. 불의를 저질러 얻은 사악한 돈이나 잘 간직하십시오."

단테의 분노는 여기에서 그치지 않았다.

"그대의 인색함이 착한 사람을 짓밟고 나쁜 사람을 높여 세상
을 슬프게 했소!"

《지옥 편, 제19곡》

교황이라는 사람이 살아생전 자기 욕심을 채우느라 정신이 없
었나 보다. 약한 자의 편에 있어야 할 교황이 오히려 탐욕만 가득
했으니 단테의 분노가 이만저만 아니었다. 발에 불이 붙은 채 좁
은 구멍에 거꾸로 처박혀 다리를 버둥거리는데도 단테의 시선이
차가웠던 이유다.

단테는 돈을 모으는 것보다 모은 돈을 손에 움켜쥐고 자선과
구제에 소홀하면 지옥에 떨어져야 한다고 생각했다. 그렇다면 우
리는 지금 어떤 모습일까? 돈을 모으고, 집을 장만하면서 정작 인
색함이라는 악덕에 사로잡혀 자선과 구제를 소홀했던 건 아닐까?

돈에 집중하지 않을 때
얻는 것들

세계가 사랑한 E-스포츠의 살아 있는 전설 '페이커' 이상혁 씨는
2023 리그 오브 레전드 월드 챔피언십 우승자 타이틀을 가지고 한

방송 프로그램에 출연했다. 그는 무려 100억 원에 가까운 기본 연봉을 받는다고 알려져 있지만, 방송을 보면 그의 재력과 게임 실력보다는 그의 압도적인 사람됨에 반하게 된다.

그는 돈이 자신의 전부가 아니라고 말했다. 가진 자의 연출일까? 아니다. 그는 재력과 게임 실력을 압도하는 지식과 지혜를 지니고 있었다. 그의 사람됨을 알려 주는 일화가 있다. 대회 결승전을 촬영하던 카메라 감독이 페이커에게 패배한 상대 팀에게 엄지를 내리는 도발적인 자세를 요구했다. 하지만 페이커는 상대에게 엄지를 세우며 존중의 태도를 보여 줬는데, 그 이유를 이렇게 설명했다.

"엄지 내리는 포즈는 스포츠에서는 흔한 세레머니다. 하지만 경기 자체가 너무 재미있었고 좋은 게임이라고 생각했기에 그럴 수가 없었다."

스타는 재력이나 외모 혹은 실력으로 완성되는 게 아니다. 지혜 가득한 인성이 있을 때 비로소 모든 사람이 사랑할 수 있는 스타가 되는 것이다.

페이커의 돈에 대한 개념 역시 배우고 싶다. 그는 자신이 원하는 걸 이루어내는 한편으로 다음 단계로 진입해야 할 목표를 스스로 설정하면서 스스로 동기를 부여하려고 했다.

처음에는 그도 돈이 최고였다고 했다. 돈을 벌 만큼 번 후에는 명예가 필요해졌다고 한다. '내가 대단한 존재라는 걸 사람들에게 알려야겠다'가 목표가 되었다는 것이다. 여기까지는 평범한 사람들의 성공하는 모습과 다를 바 없다. 하지만 다음 단계에서 그는 달랐다. 돈과 명예를 쌓고 난 후에 페이커는 자신의 목표를 이렇게 수정했다.

"돈이나 명예보다는 더 배우고 성장하는 것에 초점을 맞췄습니다."

교황이 들었던 말과 정반대 아닌가.

"그대는 금과 은으로 하느님을 섬겼으니 우상 숭배자들과 무엇이 다른가."

페이커의 말과 단테의 이야기에서 한 가지를 깨달을 수 있다. 우상숭배하듯 돈을 모으고 잘못 쓰기에 집중해서는 안 된다. 오히려 자신이 스스로 성장하고 있음을 늘 관심 있게 관찰하고 추구한다면 페이커 이상혁 씨가 돈과 명예를 거쳐 비로소 중요하다고 여긴, 인생을 살아가는 법에 직행하는 길을 쉽게 찾아낼 수도 있다. 금과 은이 아닌 자기 성장을 숭배하는 우리가 되어야 할 이유다.

여전히 세상 그 무엇보다도 중요한 돈이지만, 인생의 전부가 되어선 안 된다. 인생의 전부가 오로지 돈이라면 절대 강한 사람이 될 수 없다. 자신이 성장하지 못하면 돈도 명예도 아무 소용이 없는 약자일 뿐이다.

돈이나 명예보다는 자기 성장을 고민하는 우리가 되었으면 한다. 글을 쓰는 한 작가는 "나의 작품 중 최고의 작품은 이번에 나온 최신작이며, 내 일생에 걸쳐 최고의 작품은 다음에 나올 작품이다"라고 말했다. 자신에게 물어본다. 나라는 사람의 최고 작품은 무엇일까? '지금의 나'여야 한다. 그리고 내가 기대하는 최고의 작품은 '다음의 나'이면 된다.

08

사소한 것에 사로잡히면
진짜 목표를 잃어버린다

"첫 번째(의 육체적) 삶이 두 번째(의 이름을 남기는) 삶을 뒤따르
게 하려면 사람이 얼마나 탁월하게 노력해야 하는지 아는가."

《천국 편, 제9곡》

나이가 들면 자유로워진다는 말을 들었는데 오히려 무엇인가
에 쫓기는 느낌만 든다. 그래서일까. 늘 불안하다. 물론 불안은 우
리 삶과는 떼고자 해도 뗄 수 없는 필수적인 정서다. 하지만 그 정
서에 압도되어 삶을 잘 살아가지 못하면 문제가 된다. 그렇다고
해도 나이가 들수록 오히려 치밀해지는 불안의 정서는 늘 나를 답
답하게 만든다.

좋게 생각하면 조심스러워지는 현상일 수도 있겠다. '위험 사회' 그 자체인 세상에서 조심해서 나쁠 건 없지 않겠는가. 실제로 불안은 인간의 가장 기본적인 정서로 위험에 대비하게 해 주고 피해를 줄 수 있는 위협을 처리하도록 능동적으로 조치하게 만드는 순기능을 가지고 있다. 불안 자체는 인간이 잘 생존할 수 있도록 해 주는 보호막이다.

하지만 불안이 지나치면 병이 된다. 현실적인 위협이 없는 상황에서도 위협의 정도에 비례하지 않는 과도한 불안을 느끼는 것이 문제다. 불안해할 필요가 없는 상황에서도 반복적으로 사소한 일에 너무 과도하게 긴장하고 걱정하면 신체화라는 말처럼 정신적 불안이 육체적인 고통을 가져온다. 그런데 불안도 죄인 걸까?

걱정 속에 나를
굳이 방치할 이유는 없다

지옥을 순례하던 단테. 이번엔 '디스'라는 곳에 닿는다. 디스는 지하 세계를 일컫는 곳인데, 지하로 푹 빠져 있는 지옥 중에서도 맨 밑바닥이다. 이곳에서 단테는 자기와 함께하던 베르길리우스만 출입 가능하다는 말을 듣고 두려움에 빠진다.

"대담하게 이곳에 침입한 너(단테를 가리킨다)는 이제 미련한

네 길을 따라서 혼자서 되돌아가라!"

베르길리우스는 단테를 격려한다.

"두려워 말라!"

그제야 단테는 힘을 낸다. 기꺼이 자신만의 힘으로 버티겠다고 결심한 것이다. 하지만 마음속엔 여전히 두려움이 가득하다. 눈은 내리깔고 자신감은 이미 사라졌으며 입에서 나오는 건 한숨뿐이다. 이때 주변에 있던 누군가가 단테를 향해 이런 말을 한다.

"어쨌든 이 싸움에서 이겨야 해. 그렇지 않으면…. 위대한 분의 도움이 있지 않겠나. 그러나저러나 그분이 오시는 길은 왜 이리도 더딘가!"

묵묵히 선생님을 기다리던 단테는 그의 말속에서 뭔가 이상함을 느낀다. '이 싸움에서 혼자 이겨라!'라고 말해 놓고는 왜 '그는 왜 안 오지?'라는 말이 앞뒤가 어색했기 때문이다. 거기에 중간에 말을 줄인 부분은 걱정을 더욱 부추겼다.

"나는 그가 처음에 하던 말을 뒤이어 나오는 말로 덮어 버리는 것을 보았는데 뒤이은 말은 처음의 말과는 사뭇 달랐다. 끝내지 않은 그의 말에 나는 몹시 두려움을 느꼈다. 아마 그가 했을 생각 보다는 그 잘려 나간 말들을 더 나쁜 의미로 채웠기 때문이다."

《지옥 편, 제9곡》

'처음에 하는 말을 뒤이어 나오는 말로 덮어 버림'.

단테는 처음의 말을 있는 그대로 받아들이지 않았고 오히려 완성되지 않은 뒤의 말에 걱정을 느끼고 있었다. 우리도 살아가면서 이런 상황에 자주 마주하게 된다. 괜히 자기 스스로 불안해하고 상대방의 공백에 부정적인 무엇인가을 채워 넣고 있다.

공백은 새롭게
채울 수 있다는 기쁨이자 기회다

사람은 살아가며 다양한 걱정과 근심을 한다. 아주 가벼운 내용부터 심각한 사건들까지 일어나지 않은 상황들을 예상해 보기도 한다. 이런 생각이나 상상이 일상에 큰 영향을 미치지 않는다면 사실 아무 문제가 없다. 그러나 자신의 계속된 상상과 불안이 일상생활에도 영향을 미치기 시작했다면 문제가 된다. 걱정과 근심이 직접적으로 일상을 지배하기 때문이다.

물론 누구나 일어나지 않은 일에 대해 초조해하고 불안해할 수 있기에 단순히 가벼운 우려만으로 이를 두고 큰 문제라고 말하긴 어렵다. 하지만 늘 불안한 마음때문에 안절부절못하는 행동이 일상 속에서 나타난다면, 우리는 건강하게 살아갈 수가 없다. 나를 강하게 만드는 것과는 점점 거리가 멀어진다.

개인만의 문제가 아니다. 팬데믹을 겪으며 많은 사람이 생활과 주거, 직장에서의 안정이 무너졌다. 많은 사람이 정신적으로, 심리적으로 고통받았다. 이러한 때 불안감을 방치하는 것은 나아가서 사회, 즉 대면하는 모든 상황에 대한 막연한 공포감을 키울 수 있는 사회 문제다. 일어나지 않은 일들에 대한 걱정은 한 사람의 일상을, 사회의 건강성을 무너뜨린다.

특히 자신의 쓸모에 대한 고민이 불안의 이유가 된다. 현대인들은 쓸모 있음의 쓰임만 알고 쓸모없음의 쓰임은 잘 모르기에 더욱 그렇다. 쓸모 있음이란 내면이 꽉 찬 상태를 의미할 것이다. 하지만 새로운 미래로 향하기 위해서는 채워져 있지 않은, 즉 비어 있음에 대해 여유를 지녀야 한다. 그릇은 비어야 무언가를 담을 수 있고, 집도 공간이 비어 있어야 사용할 수 있는 것처럼 말이다.

비움의 여유를 즐기지 못한 걸 보니 단테도 사람이었다. 단테는 비어 있음에 여유보다 오히려 "어쨌든 이 싸움에서 이겨야 해. 그렇지 않으면…. 위대한 분의 도움이 있지 않겠나. 그러나저러나 그

내면의 공간에 불안을 채울 텐가.
불안함을 이기고 희망을 채울 텐가.

분이 오시는 길은 왜 이리도 더딘가!"라면서도 끝내지 않은 말, 비어 있는 부분에만 신경을 곤두세운다. 비어 있음에 상대방의 나쁜 의도가 있는 건 아닌지 불안해하며 그 비어 있음의 공간에 최악의 상황을 넣어 해석해 버렸다.

건강하고 강한 내면을 가꾸기 위해 우리는 순간의 공백에 휘둘려서는 안 된다. 잘 살기 위해서는 그 공백을 능숙하게 받아들인 채 '희망'을 채워 넣어야 한다. 자연이 지속 가능한 이유는 '없음'과 '있음' 사이에서 채워지면 비워 내고 비워지면 채워 가는 능력이 있기 때문이다. 우리 역시 비어 있음의 상황을 불안해 하지 말고 오히려 무엇인가를 잘 채우는 기회로 삼을 여유가 필요하다. 그래야 지치지 않고 지속 가능한 삶을 살아갈 수 있다.

비어 있음과 채움은 어느 하나가 더 중요한 게 아니라 반드시 그 둘이 함께 있어야 그 가치가 더해진다. 두려움으로 불안해지기 전에 새로운 삶으로 향하기 위해서 노력해야 할 시간임을 깨닫는 게 나를 강하게 만드는 길임을 알아야 한다. 물론 쉽게 되지 않을 수도 있다. 하지만 세상에 쉬운 게 어디 있는가. 필요하면 배워야 하고, 아쉬우면 연습해야 한다.

불안할 때 스스로 위로할 수 있기를 바란다. "그래, 지금 여기까지 잘 왔다"라고 자신을 격려하는 것이다. 그리고 지금까지 살아온 첫 번째 삶이 멋진 미래가 기대되는 두 번째 삶으로 발전하기

위해서 무엇을 해야 할지 치열하게 고민해야 한다. 단, 첫 번째 삶
에서 두 번째 삶으로 이어지는 빈틈에 대해 넉넉히 여유는 두어야
한다.

자만을 멈춰야
나를 살린다

감정에 대한 깨달음

09

터무니없는 일들에
펄펄 끓어오르지 마라

선생님이 말했다. "보아라. 분노를 이기지 못한 자들의 영혼을. 진
흙탕 속에 빠진 저들은 말하지. '달콤한 공기와 따뜻한 햇볕에서도
불안과 분노로 음울했거늘, 이 시커먼 진흙 속에서 어찌 슬프지 않
겠는가!'"

《지옥 편, 제7곡》

부끄럽지만 고백해야겠다. 대학 때도, 군 생활을 할 때도, 심지
어는 사회생활을 시작한 직장에서도 내 별명은 투덜이였다. 무슨
일만 있으면 "이해가 안 돼! 난 싫어!"를 외쳤다. 습관적으로 불만
과 불평을 일삼는 나를 두고 내 주위의 사람들은 얼마나 스트레스

를 받았을까? 지금에서야 미안할 뿐이다.

왜 그랬을까? 세상을 비판적으로 보는 것에 익숙해져서가 아닐까 싶다. 사회의 부조리에 저항하는 것이 멋져 보였고, 그 저항이 세상에 대한 불만으로 이어지면서 좋은 것을 보고도 좋게 보지 못하는 일종의 병에 걸린 것이 아닌가 싶다. 결국 문제는 나에게로 돌아왔다. 행복한 인재가 아닌 불만 가득한 투덜이로서의 생활은 지금에서야 고백하지만 음울했다.

단테에 따르면 좋은 것을 좋게 보지 못하는 투덜이는 지옥에 갈 사람들이다. 단테가 한 지옥을 방문한다. 그곳은 늪에 사람들이 가득했다. 그들은 진흙에 덮여 뒹굴고 있었다. 모두 발가벗었고 얼굴은 성나 있었다. 그리곤 이빨로 서로를 조각내듯이 물어뜯기도 했다. 손, 다리, 머리 등 모두를 써가며 난투를 벌였다.

그들은 도대체 무엇 때문에 이런 지옥에 오게 되었을까? 단테는 그들이 세상에서 딱 하나를 이기지 못했기에 이 지옥에 빠졌다고 말한다. 그것은 '분노'였다.

"그들은 아름다운 세상의 멋진 것들을 바라볼 줄 모르는 어리석은 영혼이었다."

아름다운 세상의 멋진 것을 골라 보기는커녕 오히려 아름다운 것을 외면한 사람들, 그들이 가야 할 곳은 진흙탕 속 난투가 벌어지는 지옥이었다. 지옥에서 그들은 서로 물고 뜯으며 분노를 더 폭발하고 있었다. 좋은 것을 좋다고 바라보지 못하는 사람에게 하늘이 분노 지옥을 준비한 셈이다. 그들은 지옥에서까지 여전히 성나 있었다.

화내면 강해
보인다는 착각

지옥 편을 읽어 나가면서 느낀 점이 있다. 지옥이란 현생에서 살았던 행위를 벌하기 위해 특별하게 주어지는 공간이 아니라는 점이다. 현생에서 살던 그 모습 그대로 벌하는 곳이 지옥이다. 예를 들어 살아서 분노에 사로잡혔던 사람들이 죽어서까지 그 분노를 지닌 곳, 그곳이 지옥이다.

단테는 분노하느라 자신의 시간과 에너지를 낭비하는 사람들을 비웃는다. 깨끗한 공기와 따뜻한 햇볕이 자기 주변에 있음에도 그 아름다움에 감동하기는커녕 스스로 분노로 자신을 옭아매던 사람들은 세상을 누릴 권리가 없다고 말한다. 좋은 것이 주변에 가득함에도 그 좋은 것들을 바라보기는커녕 분노로 자신의 감정을 갉아먹는 사람들에게 단테는 자비를 베풀지 않았다.

현대 사회엔 분노를 조절하지 못해 생겨나는 문제들을 자주 접할 수 있다. 분노가 일상인 시대라고 할 정도다. 하지만 분노가 일 상화되었다고 해서 분노 그 자체가 받아들일 만한 것이라는 건 절대 아니다. 어떻게 해서든지 우리의 일상에서 멀리해야 할 해악일 뿐이다.

우리는 스스로 강해지고자 내면을 가다듬으려고 한다. 그렇다면 분노는 약자의 것임을 알고 있어야 한다. 강자는 분노에 어울리지 않는다. 자신을 강하게 만들고자 한다면 먼저 내면에서 분노를 다스릴 줄 알아야 한다. 분노를 세상에 내보이면서 자신이 강하다고 생각하는 자는 지옥에 떨어져 자신의 한발 늦은 깨달음을 후회하게 될 테다. 그렇다면 분노를 줄이는 방법은 없을까?

우선 분노를 느끼는 원인을 파악하는 게 가장 먼저다. 분노를 느끼는 원인을 파악하면 분노를 더 효과적으로 관리할 수 있기 때문이다. 다음으로 분노를 건강한 방법으로 표현할 줄 알아야 한다. 운동, 음악, 글쓰기 등 건강한 방법으로 분노를 간접적으로 표현하면 분노 해소에 도움이 된다. 어떻게 해서든 자기 감정 관리가 필요하다.

진정한 강자가 되고 싶다면 분노와 결별해야 한다. 사실 분노를 보인다는 건 스스로 세상을 따돌리는 것과 같다. 욱하는 말, 욱하는 표정, 욱하는 행동을 보이는 사람과 함께하려는 사람은 아무도 없기 때문이다. 사람은 때로 해야 하는 걸 하는 순간보다 하지 말아야 할 것을 하지 말아야 하는 순간이 더 중요할 때가 있는데 분노야말로 지금 당장 그만두어야 할 것이다.

혼자이기를 바란다면, 누군가의 따뜻함과 이별하고자 한다면, 정녕 그것이 아무렇지도 않다면 마음대로 분노해도 된다. 하지만 사회적 관계를 유지하면서 또 그 관계 속에서 함께하면 기분 좋은 사람으로 인정받고자 한다면 분노하는 자신의 모습을 알아채고 바로 그만둘 때다. 분노하지 않는 자가 진정한 강자다.

단테가 분노하는 대신
선택한 일

단테는 말한다. 세상의 아름다움을 느낄 줄 모르는 사람에게 하늘은 더 이상의 변명을 허락하지 않는다고. 변명을 허락하지 않기에 분노로 인해 지옥에 떨어진 사람의 입에는 수렁의 흙이 가득하게 되어 아무런 말도 하지 못한다. 소리를 내 봐야 그저 그렁대는 신음뿐이다. 하지 말아야 할 것을 한 것에 따른 벌인 셈이다.

나를 강하게 만드는 것은 분노가 아니다. 나를 강하게 만드는 것은 세상의 아름다움을 있는 그대로 받아들일 줄 아는 힘이다. 세상에는 배울 게 많다는 자세로 새로움에 익숙할 줄 아는 사람만이 세상과 화해할 수 있고, 자신이 원하는 것을 가질 수 있으며, 최후의 승리자가 된다. 진정한 강자가 되는 것이다.

사람들은 화내는 사람을 피하기 마련이다. 화를 내는 것도 버릇이라 자주 내다 보면 사소한 일에도 몸에 밴 익숙한 반응으로 화를 내는 말과 행동을 하게 된다. 이렇게 분노를 표출하는 순간 우리는 실제로 많은 걸 잃는다. 분노는 그래서 인간에게 사회적 죽음에 이르게 만드는 시작이다. 분노하는 사람과 인간관계를 맺으려는 사람은 없기 때문이다.

분노를 다룰 줄 알아야 한다. 화가 났다고 바로 세상에 표현하는 것은 지극히 단순한 사고다. 그 분노의 이유를 확인하고 그것을 자신의 강점으로 활용할 줄 아는 자가 인생에 있어 진정한 승리자요, 강자가 된다. 실제로 단테가 그랬다. 그는 신곡을 집필할 당시 분노로 가득할 수밖에 없는 상황에 빠져 있었다.

단테가 고향에서 쫓겨나 타지를 떠돌던 망명 시기는 신곡의 집필 시작 시기와 일치한다. 하지만 단테는 분노를 무작정 표출하는 대신 자신을 쫓아낸 자들에 대한 감정을 글로써 승화시켰다. 누가 이겼는지는 중요하지 않다. 다만 700여 년이 넘도록 이름을 남긴 사람이 '단테'였던 것만은 확실하다. 단테는 분노를 자신의 강점으로 만들어 냈다.

공허하다면, 외롭다면 혹시 사회적 분노가 스스로 사회적 관계를 단절한 문제였던 건 아닌지 되돌아보는 시간을 가져야 한다. 거칠고 더러운 세상으로부터 적절한 거리를 두면서도 분노를 객관적인 태도로 바라보는 연습을 한 단테를 생각하며, 분노 하나만큼은 반드시 없애야 할 잘못된 모습이라는 것을 알아차린다면 우리는 비로소 진정한 강자가 될 것이다.

나쁜 것과 멀어지는 대신 좋은 것을 받아들이자. 나쁜 것을 나쁘게 볼 줄 아는 것, 좋은 것을 좋게 볼 줄 아는 것이 세상을 지배하는 자가 갖추어야 할 덕목임을 기억하면 좋겠다. 더 나아가 분노를 발견했을 때 그것을 자신의 강점으로 만들 수 있는 사람이 되기를 바란다.

10

미숙하면서 자존심만
세우고 있지 않은가

"추락의 원인은 그대가 저 아래 지옥에서 보았듯, 온 세상의 무게
에 눌린 자의 저주받은 교만 때문이었소. 그와 달리 천사들은 저들
의 위대한 지성이 하느님이 마련해 주신 '선'에 의해 가능함을 겸
허하게 인정하고 있소."

《천국 편, 제29곡》

지금도 활동 중인 한 연예인의 이야기다. 가수로서 출발한 그
는 어느 날 한 드라마의 주연으로 캐스팅되었다. 그를 캐스팅한
드라마 PD는 가수였음에도 그를 캐스팅의 이유에 대해 이렇게 말
했다.

"그가 사무실로 찾아왔는데 느낌이 괜찮아서 캐스팅했어요. 스타들의 경우를 보면 유명세에서 오는 어느 정도의 거만함을 가지고 있기 마련인데, 그는 달랐어요. 굉장히 겸손했죠."

겸손한 모습 하나로 드라마의 주연으로 캐스팅되었다니 도대체 어느 정도의 겸손이었을까?

"이야기를 나누다가 중학교 때 기획사에 들어가 데뷔 때까지 한 6년 정도의 시간을 밑바닥의 위치에서 잔심부름하고 빗자루질을 하면서 보냈다는 것을 알게 됐어요. 《홍길동전》에 보면 홍길동이 삼학대사 밑에서 3년 동안의 빗자루질 끝에 무술을 배우게 되는 과정이 나오는데 그와 유사한 시련이 있었다는 점이 마음에 들었어요."

PD는 어린 나이에 6년이라는 자기 나름의 숙성 기간을 가졌다는 것을 강조했다. 긴 시간, 자기 성장의 시간을 가졌다면 무엇을 해도 할 수 있고 해내고 나서도 실수하지 않을 거라는 판단을 아마 PD는 가졌던 듯하다. 이 연예인은 십몇 년이 지난 지금까지도 연예계에서 활동 중이다.

이런 얘기를 들으면 부끄럽다. 나는 어린 시절에 어떻게 자기 성숙을 했던 것일까? 성인이 되어서도 이런 숙성과 성장의 과정을 거치려고 노력했을까? 혹시 이런 과정이 미숙했기에 중년이 된 지금도 좌충우돌하고 방황하면서 혼란을 느끼고 있는 건 아닐까? 이런 생각에 교만하고 거만한 생활에 익숙했던 지난 시간이 아쉽다.

나이 듦은 곧 시간을 통해 스스로 성숙해지는 걸 의미한다. 별별 사건들로 고통을 받고 힘든 순간에도 인내하고 또 참아내는 것이 성숙한 사람다운 모습이다. 이를 위해 자기 성숙의 시간이 필요한데, 이때 겸손은 취하고 거만함은 없애야 한다. 교만 혹은 오만을 강자에게 부여된 특권이라고 생각하는 순간 내리막길이 시작된다. 단테 역시 교만과 거만함을 미워했다.

단테가 낡은 나무배를 탔다. 진흙탕으로 가득한 물살을 가르며 앞으로 나아간다. 그때 느닷없이 흙을 뒤집어쓴 머리 하나가 나타나 단테에게 말했다.

"아직 여기 올 일이 없는 사람인데…. 당신은 누구인가?"

단테가 답했다.

"잠시 왔을 뿐 오래 머물지는 않을 것이오. 그러는 당신은 누구시오?"

머리에 흙이 덕지덕지 묻은 남자가 답했다.

"나는 울고 있는 사람이오."

세상에서 어떤 죄를 지었기에 진흙을 뒤집어쓴 채 물속에 머리를 박고 살아야만 할까? 뭐가 그리 억울하기에 울고만 있어야 할까? 연민의 정이 들어서 위로라도 해 주어야 할 순간에 단테의 태도가 냉정하기 이를 데 없었다. 위로는커녕 저주를 퍼부었다.

"저주받은 영혼아! 이곳에 갇혀 영원히 통곡하라! 아무리 더러워졌어도 내 너를 알아보겠다!"

단테는 그가 누구인지 알고 있었다. 단테는 지옥을 순례하면서 보통 불쌍하다거나 안타깝다고만 말하고 이렇게 저주를 퍼붓지는 않는다. 베르길리우스 역시 단테의 거친 말을 나무라기는커녕 오히려 칭찬한다.

"불의를 멸시하는 영혼아! 너를 낳은 여인에게 축복이 내리길!"

도대체 왜 단테와 베르길리우스는 진흙탕에 머리를 묻고 있어야만 했던 그를 그토록 잔인하게 대했던 걸까?

그는, 거만한 사람이었다.

거만한 사람과
겸손한 사람의 말로

'거만'이란 잘난 체하며 남을 업신여기는 것을 의미한다. 즉 거만에는 두 가지의 태도가 드러난다.

첫째, 잘난 체
둘째, 남을 업신여김

세상 그 누구도 잘난 체하며 남을 업신여기는 사람을 좋아할 리는 없다. 자식이라고 할지라도 거만한 아들딸을 보면서 흐뭇해할 부모는 없을 것이다. 하지만 우리는 스스로 거만해지기를 원한다. 심지어 "거만하다는 뜻은 약육강식의 세계에서 강자가 약자에게 쓰는 말이다. 즉 거만함은 강자의 언어다"라고 말하는 사람도 있다.

착각이다. 거만은 강자가 당연히 가져도 되는 태도가 아니다. 오히려 강해질수록 조심해야 하는 태도다. 거만이란 실은 대단치도 않은 인간이 남에게 대단한 인물로 보이려 하는 행동일 뿐이다. 진정한 강자는 거만과 거리가 멀다. 진정한 강자는 오히려 더

Kingdom Arrogance

대단한 사람이라도 된 듯 남을 업신여기고 있지 않는가?
거만한 자의 곁에는 결국 아무도 남지 않는다.

나은, 사람으로 거듭나기 위해 자신에게 부족한 점을 알아차리고 그 어떤 약자에게도 머리를 숙이고 배우려 한다.

거만하고 교만한 사람은 타인에게 무례한 경우가 많다. 타인을 쉽게 보고 창피를 주는 일도 마다하지 않는다. 마치 상대방의 인내심을 테스트라도 하듯 심기를 건드리고도 눈치 채지 못한다. 마치 누군가에게 심판관의 감투를 받은 것처럼 측정하고, 평가한다. 그렇게 사람들과 멀어져 괴물이 된다. 그리고 지옥에 오게 된다.

반대로 거만 대신 겸손을 선택한 사람은 올바른 길에 이른다. 올바른 길에 이르는 과정은 곧 그들의 성장 과정이다.

당신은 따뜻한 말 한마디 듣고 있는 사람인가

세상에서 거만했던 사람을 향한 단테의 조롱은 계속된다.

"선생님은 팔로 내 목을 감고 얼굴에 입을 맞추며 말했다. 저자는 세상에서 거만했던 사람이었지. 일생 누구도 자기를 따뜻하게 대해 준 기억이 없어서 그의 그림자가 이렇게 사납게 구는 거란다. 세상에서는 스스로 위대하다 여겼겠지만 여기서는 그를 기억해 주는 사람 하나 없으니 진흙 속의 돼지처럼 뒹굴며 지내야 한다."

《지옥 편, 제8곡》

거만하게 되면 세상 그 누구도 주변에 함께하지 않을 것이다. 거만한 사람을 향해 따뜻한 시선을 보낼 사람은 당연히 없다. 그렇게 주변에 아무도 없으니 사람이 필요하여 무리한 행동을 하게 된다. 그러다 보면 다시 자신에게 돌아오는 건 차가운 반응뿐이다. 결국 거만한 사람은 외로움 때문에 자신의 그림자조차 사납게 만들지도 모르겠다.

거만한 모습으로 세상을 대하는 사람, 그래서 결국 그의 그림자조차 사납게 굴던 사람은 지옥에 떨어져 진흙탕 속 돼지처럼 홀로 뒹굴어야 한다는 것이 단테가 하고 싶은 경고다. 그런 사람들은 지옥에 이르러 스스로 자신의 거만했던 모습을 떠올리면서 참혹함을 이겨 내야만 한다. 세상 사람들과 따뜻한 정 하나 나누지 못한 죄를 벌 받는 것이다.

우리는 종종 위대한 사람은 대체로 거만하다고 착각하는 경우가 있다. 이는 잘못된 판단이다. 거만한 사람은 위대한 사람이 아니다. 자신의 권력과 권한을 이용해서 거만하게 구는 사람은 단지 야비한 사람일 뿐이다. 진정 위대한 사람은 자신의 분야에서 뛰어난 업적을 남기면서도 타인을 배려하고 존중하는 마음씨를 가지고 있는 사람이다.

여전히 거만함을 강자의 특권인 양 생각하는 사람들이 있긴 하다. 그 태도가 자신에게 그리고 상대방에게 얼마나 큰 악영향을 끼치는지 깨달아야 한다. 실제로 거만한 태도로 상대방을 대하는 건 그 자체로 여러 문제를 발생시킨다. 우선 상대방의 자존감을 낮춘다. 다음으로 인간관계에 악영향을 미친다. 마지막으로 자신의 사회적 지위를 떨어뜨린다.

거만한 태도를 바꾸는 방법이 있을까? 우선 자신의 태도가 상대방에게 어떻게 비춰 보이는지 생각하는 게 먼저다. 상대방의 입장으로 생각할 줄 알고 상대방이 어떤 느낌을 받을지 느낄 수 있다면 거만함을 교정하는 첫걸음은 뗀 셈이다. 아무리 자신이 강자라고 스스로 생각했다고 해도 주변에 따뜻한 말 하나 해 줄 사람이 없다면 그는 절대적 약자일 뿐이다. 거만함을 버려야 따뜻함이 찾아온다.

11

오만할수록
더 괴로워진다

"당신은 느려서가 아니라 다른 사람들에 대한 존경심 때문에 그 뒤에서 걷고 있는 것이군요."

《연옥 편, 제26곡》

에이미 에드먼슨 미국 하버드 경영대학원의 종신 교수가 한국을 방문하여 언론과 인터뷰할 때의 이야기다. '어떻게 하면 기업이 변화에 능동적으로 대처하고, 위기 관리를 효과적으로 할 수 있나?'라는 질문에 그는 겸손의 자세가 가장 중요하다고 말했다. 무엇인가에 답할 때 특히 겸손한 자세로 접근해야 한다는 거였다.

리더십을 예로 들면 상사는 자신의 부하 직원들이 위험을 감수하는 걸 두려워하지 않도록 격려해야 한다고 했다. 좀 터무니없어 보이는 아이디어에 대해서도 격려하고 오히려 더 그런 아이디어를 많이 낼 수 있도록 장려해야 한다는 것이다. 윗사람일수록 겸손의 자세를 갖고, 특히 문제를 다 안다고 생각하지 말고 함께 해결해 가려는 자세를 가져야 함을 강조했다.

답을 알고 있다고 생각하면 사람들은 오히려 문제를 잘 해결하지 못한다. 답을 안다는 오만함을 극복하고 상대방과 함께 여러 가지 시도를 해야 한다고 생각하는 겸손한 자세를 가져야 할 이유다. 불확실성을 두려워하거나 회피하려 하지 말고 많이 시도해 보는 것이 중요하다. 여러 번의 실패가 결국 성공을 만든다.

생각해 보면 사람들은 '어떻게 하면 안 되는가?'에 대한 답을 가지고 있는 것 같다. 하지만 문제를 어떻게 해결해야 하는지, 어떻게 보완해야 하는지는 잘 모르는 경우가 흔하다. 이는 알면서도 안 하는 것이다. 실제로 행동으로 옮기는 것이 두렵기 때문이다. 잘못된 점을 발견하는 데는 능하나 대안을 제시하고 실천하기 힘든 거다. 이 모든 것이 '나는 답을 다 알고 있다'는 건방짐에서 나온다.

오만, 거만, 건방…. 반복되는 사례지만 결국 정치의 영역에서 가장 크게 문제가 된다. 정치인들은 싸운다. 하지만 왜, 그리고 어떻게 싸우는 것인가? 이 두 가지를 생각하면 그저 한숨만 나온다. 보수라는 말은 '기존의 가치를 지킨다'는 뜻이다. 이것이 기득권을 지키는 것이라고 착각하는 보수(라고 스스로 칭하는) 정치인을 보면 '저런 사람을 어떻게 우리의 대표로 뽑았을까?'하는 참담함이 든다.

진보(라고 역시 스스로 칭하는) 정치인도 마찬가지다. 진보가 마치 상대편을 있는 것, 없는 것 모두 속된 '말로 까는 사람'으로 착각하는 정치인을 보면 기막히다. 어딘가에서 잘못 배운 말장난에 능한 것을 대단한 말주변이 있다고 생각하다가 설화(舌禍)를 입는 경우는 또 얼마나 흔한가. 우리의 보수와 진보, 좀 더 나아질 수 없을까?

보수와 진보 어느 쪽도 무엇인가를 할 수 있는 권리를 마음대로 발휘하는 집단이 아니다. 진정한 보수 혹은 진정한 진보일수록 스스로 낮추는 것에 익숙해야 한다. 자기를 낮출 줄도 모르면서 어떻게 스스로 자신을 보수 정치인, 진보 정치인이라 부를 수 있단 말인가. 겸손하지 않은 정치인들에게서 '그래도 좋아지겠지'라는 희망을 품고 싶다. 나는 먼저 자신을 낮추는 곳에 한 표를 던지고 싶다.

정치 영역만 힐난하기는 또 그렇다. 나부터 스스로 낮추는 데 익숙해져야 한다. 나의 말과 행동은 그 자체로 나다. 삶은 말과 행동을 따르나 그 역으로 말과 행동이 자기 삶에 봉사하도록 하는 것은 말과 행동을 하는 사람의 몫일 테다. 그 말과 행동에는 세상 앞에 자신을 낮추는 겸손함이 우선되어야 마땅하다.

그동안 나는 겸손과는 거리가 멀었다. 겸손한 척은 했으나 진정으로 겸손하지는 못했다. 그저 상황에 따라 고개를 숙였을 뿐 타인에 대한 존중은 부족했다. 나의 이런 생각들은 결국 말과 행동으로 나타났다. 누군가에게 도움을 받아야 할 기회가 왔을 때조차 "그냥 내가 알아서 할게요"라면서 거부했다.

다음의 문제를 하나 풀어 보자.

다음 중 옳은 말을 고르시오.
① 벼는 익을수록 고개를 숙인다.
② 벼는 고개를 미리 숙여서 빨리 익는다.

정답은 ②다. (라고 생각했으면 좋겠다) 나를 지키는 말과 행동의 핵심은 겸손이다. 겸손하면 상대방이 도와줄 테고, 그 도움을 통해 좀 더 나은 사람으로 인정받게 된다. 이렇게 자신을 디자인한다면 분명 미래의 성장과 발전이 나를 기다리고 있을 것이다. 단테 역시 이를 잘 알고 있었다. 그는 겸손하지 못한 사람의 최후를 이렇게 말했다.

"너의 오만함은 결국 너의 괴로움이 될 것이다."

《지옥 편, 제14곡》

오만함을
부렸던 자들의 최후

단테가 한 지옥에 다다른다. 황량함, 그 자체였다. 벌판에 나무란 나무는 모조리 뿌리째 뽑혀 나가 있었다. 땅에는 바싹 마른 모래만이 푸석함을 더했다. 그곳에는 벌거벗은 자들이 서러움 가득 슬피 울고 있었다. 땅바닥에 벌렁 누운 채, 구석에 웅크린 채, 그리고 여기저기 서성인 채. 고통 속에서 무슨 일이 있었는지 혀는 모두 풀려 있었는데…. 최악의 상황은 바로 이런 모습이었다.

"모래사장 위로 마치 바람 없는 알프스에 눈이 내리는 것처럼 거대한 불꽃들이 끊임없이 천천히 떨어지고 있었다. 불꽃은 비가 되어 그칠 줄 모르고 내렸고, 부싯돌 아래의 기름처럼 모래에 불이 붙어서 고통이 더해졌다. 가엾은 손들은 한순간도 쉬지 않고 이곳저곳으로 떨어져 타오르는 불꽃들을 몸에서 떼느라 황망했다."

《지옥 편, 제14곡》

나무 한 그루도 없는 사막과도 같은 모래 위에서 헐벗은 죄인들은 끝도 없이 내리는 불꽃에 깊은 고통을 느끼며 벌을 받고 있었다. 도대체 이런 벌을 받는 자들은 세상에서 어떤 죄를 지었기에 이렇게 최악의 고통에 시달리고 있었을까?

단테에 따르면 이들의 죄목은 '오만'이었다. 살아생전 건방지고 거만하게 살았던 이들은 결국 황량한 벌판에서 불꽃에 몸이 데는 벌을 받고 있었다.

오만함을
판단하는 기준

그렇다면 오만함의 기준은 무엇으로 판단한다는 말인가? 우리는 누군가와 말하고 행동할 때 '내가 지금 오만하다'라고 느끼는 것이 어렵다. 왜냐하면 모두 자기 자신의 판단으로 그 당시에는 옳다고 생각하고 말하고 행동하는 경우가 대부분이기 때문이다. 그러니 오만한지 아닌지를 판단하는 건 그리 쉽지 않다.

이에 대해 단테는 오만한지 아닌지를 구별하는 하나의 척도를 제시한다.

"너의 오만이 수그러지지 않는 한 더 큰 벌을 받을 것이다. 너의 괴로움은 너의 분노에서 나오니 다른 벌이 없을 것이다."

이 문장을 잘 살펴보면 이런 흐름으로 오만은 죄가 된다.

'오만 → 분노 → 괴로움 … 그리고 지옥.'

화가 날 때, 갑자기 성질이 날 때, 자신이 오만에 휩싸여 있는 건 아닌지 떠올려야 한다. 오만이란 상대방을 우습게 여기는 태도에서 비롯된다. 이는 자신이 우월한 위치에 있다고 생각하기에 생기는 문제다. 자기 마음대로 일이 진행되지 않으면 분노가 생기고 이는 괴로움으로 변한다. 이는 타인의 삶까지 엉망으로 만든다.

설령 상대방이 우스운 짓을 했다고 하더라도 그 답답함의 전달 방식은 친절한 설명이어야지 과격한 분노로 표출되면 안 된다. 본질만큼 중요한 건 방법이다. 게다가 외적인 방식이 본질 그 이상으로 중요한 때가 지금의 세상 아닌가? 예의가 없다면 아무리 본질이 훌륭해도 저급한 인간관계의 방식으로 취급받는다.

참고로 단테에 따르면 오만 이전에 '경멸'이 존재한다. 누군가를 우습게 여기는 자신을 발견했다면, 곧 자신이 오만을 거쳐 분노에 이를 것임을 스스로 깨달아야 한다. 상대방에 대한 경멸 대신 존중 혹은 존경을 자신의 마음에 품는다면, 상대방보다 잠시 뒤떨어져 있는 순간을 오히려 즐길 수 있다. 상대방보다 뒤처진 순간마저 즐길 수 있다면, 그야말로 인생 강자 중의 최강자가 될 것이다.

자신을 내려놓고 상대방에 대한 존중과 존경으로 조용히 상대방의 뒤를 따를 줄 아는 우리가 되기를 희망한다. 그러면 우리의 일상은 한결 편안해질 것이다. 강자는 그렇게 천천히 누군가의 뒤를 따라가면서도 여유가 있다.

12

일단 버린 것에 대해서는
권리가 없는 법이다

"일단 버린 것에 관해서는 권리가 없는 법이지요. 각자 자기가 해쳐 버린 육신은 나무가 되어 슬픈 숲에서 영원히 매달리게 될 것입니다."

《지옥 편, 제13곡》

폭풍이 거세게 치는 밤바다와 같은 상황에 있게 되면 처음에는 아무리 단단히 마음을 먹어도 삶에 대한 의지가 약해지기 마련이다. 세상은 모르지만 나 자신은 안다. 스스로 조용히 무너져 가고 있음을. 내 마음속에 있던 우울감이 자신을 집으려 삼키려 할 때 주변에 도움받을 만한 사람 하나 없다면 완전히 무너져 버리게 된다. 최악의 경우에는 자신과 자기의 몸을 포기하는 결정을 내리게 된다.

이겨낼 수 있는 일이 있고, 그렇지 않은 일도 있다. 나이 든다는 건 이겨 내기 힘든 상황을 하루하루 받아들이고 인정하면서 살아왔다는 증거이긴 하지만, 거기에도 임계점이 있는 것 또한 사실이다. 세상은 무작정 이겨 내라고, 그렇지 못하면 게으른 거라고 하지만 극적인 사건이 있지 않다고 해도 작은 무언가에도 사람은 자신을 포기하기도 한다. 하지만 자기를 포기하는 것은 죄다. 자기 목숨을 스스로 포기한 사람은 죽어 어디로 갈까?

삶을 버린 사람들이
지옥에서 겪는 고통

단테가 이야기한 곳은 지옥이었다. 일단 죽은 사람은 식물로 변신하여 숲에 떨어지게 된다. 식물로 변한 사람들이 살아야 하는 숲은 삭막하다. 나뭇잎은 온통 검붉고 나뭇가지는 뒤틀려 있다. 열매는 열리지 않고 독을 품은 가시로 가득한 나무들만이 빽빽하게 서있다.

"영혼이 육신을 떠나면 그 영혼은 숲에 떨어지는데 자기가 선택한 곳이 아니라 운명이 내던진 곳에 떨어져 잡초의 씨앗처럼 싹을 틔운다."

《지옥 편, 제13곡》

자기 육체를 버린 사람들도 싹을 틔우긴 한다. 새롭게 태어나는 것이다. 하지만 이제부터 본격적인 고통이 시작된다. 일단 하르피아가 등장한다. 하르피아는 그리스 신화에 나오는 괴물이다. 여자의 얼굴에 새의 몸뚱이를 했는데 날카로운 발톱으로 자기 목숨을 스스로 버린 사람들에게 고통을 준다.

"싹을 틔운 후 실가지로 피어올라 야생초목처럼 자라는데 이때 하르피아가 나타나 나무의 잎을 뜯어 먹으면서 고통을 준다. 다른 영혼들처럼 다시 육신을 되찾고 싶겠지만, 일단 버린 것에 대해서는 권리가 없는 법이다."

싹을 틔워서 잎을 만들기는 하지만 그 잎이 꽃이 되고, 열매로 완성되기 전에 하르피아는 자살자가 변신한 나무에 둥지를 틀고 간신히 만든 잎을 갉아 먹고 열매를 따 먹는다. 나무는 낮 동안 새순을 틔우고 열매를 맺으면서 노력하지만 밤이 되면 하르피아는 자살한 사람이 변신한 나무의 노고를 무시하고 갉아 먹는다. 아무리 발버둥 쳐도 소용없다. 결실을 기대할 수 없다.

도대체 왜 이런 고통을 겪어야 하는가? 단테는 말한다. 자기 몸을 스스로 버린 죄다. 스스로 목숨을 포기한 자에게는 자기 몸에 대한 권리가 더는 없다. 자기 몸을 버린 순간 그 몸에 대한 권리가 없어지니 그 누가 육체적으로 괴롭혀도 항거할 권리가 없어진다. 버리는 순간, 모든 것이 사라지는 것이다.

생명이란 살아 있음을 명령받은 것이다. 생명의 주인은? 하늘이다. 인간은 자기 몸에 대한 주인이 아니다. 인간은 하늘의 것을 살아 있는 동안 위탁받은 존재에 불과하다. 그러니 인간의 몸은 그 자체로 신성하며, 신성하기에 자신을 포함한 그 누구도 자신과 타인의 생명을 물리적이나 윤리적으로 빼앗거나 상해를 입힐 권리가 없다.

자살은 고통스러운 현실을 벗어나기 위한 잘못된 방법이다. 가학적 생명 파괴다. 13세기에 신학을 집대성한 토마스 아퀴나스는 자살의 죄가 타살의 죄보다 더 무겁다고 했다. 18세기 유럽에서는 자살 미수를 하면 완전히 치료시킨 다음 교수형에 처했다. 자살에 성공하더라도 그 시체를 끌게 해 만인에게 공개까지 했다고 한다.

'오죽하면 극단적인 선택을 할까?'라는 말도 한다. 극악의 고통에 시달리는 사람이 원하는 안락사 역시 쉽게 판단할 수 없는 주제다. 다만 자살을 정당화하거나 심지어 영웅으로 만드는 풍조는 경계해야 한다. 자살을 극단적 선택이라고도 한다. 이 용어도 문제다. 뭔가 대단한 선택인 것처럼 느끼게 한다. 하지만 단테에 의하면 자살은 그 자체로 죄일 뿐이다.

나를
지켜야 하는 이유

"할 게 아무것도 없네!"

자신에게 다가오는 운명에 아무것도 할 수 없다고 생각하면서 수동적으로 체념하는 경우가 있다. 막다른 골목에 다다른 것이 아닌가 하는 걱정에 밤잠을 못 이루는 때가 찾아오기도 한다. 그렇다고 해서 세상을 쉽게 포기해서는 안 된다. 건강한 내가 되기 위해 갈 수 없음에도 계속 걸어가고야 마는 마음을 꼭 지녀야 한다.

고통스러운 일상이라도 늘 고통스럽지만은 않다. 점심까지만 해도 뭐라도 올 것처럼 잔뜩 찌푸렸던 하늘이 언제 그랬냐는 듯 청명하게 갠 오후를 보여 주기도 하지 않은가? 작은 블라인드 틈 사이로 강렬한 햇빛이 파고들더니 그대로 책상 앞까지 가득한 걸 보면 감동 그 자체 아닌가? 물론 예고 없이 들이닥쳤던 햇빛은 들어올 때처럼 순식간에 다시 사라지기도 한다.

고통의 순간에도 분명 순간 찾아오는 기쁨과 즐거움이 존재한다. 행복의 시간이 올 수 있다는 가능성을 열어 두어야 할 이유다. 아주 잠깐, 사진 한 장 찍을 시간도 안 되는 동안만 곁에 머물다 떠나는 그 기회들이 내일 다시 온다면, 그땐 그 기회를 잡기 위해서는 지금의 나를 포기해서는 곤란하다. 단테는 말한다. 자기 몸을 함부로 하는 선택은 죽어서도 스스로 고통을 더하는 행위라고.

인생에서 고통은 아주 잠시 머물다 가는 존재다.

"내가 손을 뻗어 큰 가시나무의 잔가지 하나를 꺾었는데 나무 줄기가 외쳤다.

'왜 날 자르는 거요!'

나무줄기에서 검붉은 피가 흘러내렸다. 나무줄기가 말했다.

'왜 나를 부러뜨리는 거요? 당신에게는 눈곱만큼의 자비도 없는 것이요?'"

《지옥 편, 제13곡》

지옥에선 자기 몸에 누군가 손을 대는 것조차 두려워하면서 세상에선 왜 스스로 자기 몸에 손을 댄 것일까? 단테의 말을 다시 한 번 기억해야 한다.

"일단 버린 것에 대해서는 권리가 없는 법이다."

반대로도 생각하자. 나를 지키는 무엇인가가 있다고 해 보자. 더 강한 내가 되기 위해 세상의 불법과 부당함으로부터 나를 보호하는 것, 그것은 모두 선이다.

불행은 자기 몸을 함부로 대하는 것에서 시작된다고 단테는 말했다. 그렇다면 행복은 자기의 몸을 아끼고 보호하는 데서 시작된다. 나 자신을 아낄 줄 아는 사람만이 진정한 인생의 강자가 될 수 있다. 나를 아낀다는 것은 무엇이든 옳다.

13

의미가 드러나지 않는
일은 없다

"하느님께서 만물을 창조하면서 우리에게 주신 선물은 '의지의 자유'다."

《천국 편, 제5곡》

분노가 치미는 범죄를 접하고, 또 그 범죄 피의자가 경찰에 잡히면 우리는 치를 떨면서 '저놈의 얼굴을 공개하라!'고 말한다. 이름도, 주소도, 그리고 지금 하는 일도 모두 말이다. 이때 법적 과정을 거쳐 신상 공개가 결정되기도 한다. 하지만 얼굴을 공개한다고 해 놓고선 모자와 마스크로 얼굴을 꽁꽁 싸맨 모습에 국민은 더 분노한다.

누군가에게는 평생 몸과 마음의 상처로 남는 범죄를 저질렀음에도 자기 얼굴 하나 제대로 세상에 내놓지 못하는 그 치졸함에 사람들은 화가 나는 것이다. 그래서일까? 최근 중대 범죄 피의자의 얼굴을 수사 기관이 강제로 촬영해 공개할 수 있도록 하는 '머그샷 공개법'이 입법화 절차를 받고 있다. 그런데 지금으로부터 700여 년 전, 단테의 신곡을 통해서 서양에서는 신상 공개가 이미 진행되고 있었다.

자기 잘못을
숨기려는 죄인들

단테의 신곡, 특히 지옥 편에는 수많은 죄인이 등장한다. 이때 단테는 그들이 도대체 누구인지 파악하려 든다. 유명한 사람이야 한 번에 알아채는 게 당연하다. 하지만 그저 스쳐 지나갔던 사람조차 단테는 유심히 그들을 바라보면서 어디 사는 누구인지를 확인하곤 한다. 그때 단테의 시선을 받는 죄인들의 모습이 우습다. 지옥에 있는 자기 모습을 부끄러워하기 때문이다.

"비참한 모습으로 널 만난 것이 저세상에서 생명이 다했을 때보다 더 괴롭구나!"

《지옥 편, 제24곡》

이렇게 말한 사람은 반니 푸치였다. 단테가 살던 시대에 살인 등을 일삼은 것으로 악명 높은 사람이었다고 한다. 이런 사람조차 죄를 지은 자신의 모습이 타인에게 알려지는 것을 죽음의 고통보다 더 힘들다고 하소연한 것이다. 일종의 명예형(수치형)인 신상 공개는 단테의 신곡에 등장하는 지옥에선 선별적인 공개 따위는 없다. 거의 무조건적 공개였다.

자기의 부끄러운 모습을 숨기려는 곳, 그곳이 지옥의 모습이다. 지옥은 이런 점에서 연옥 그리고 천국과 다르다. 연옥 편에 등장하는 사람들은 단테를 만나면 자기 이름은 물론 자신의 죄까지 밝힌다. 세상에 나가 자기를 아는 사람들한테 자기를 위해 기도해 달라고 부탁까지 한다. 지옥 편 등장인물과 다르다. 지옥의 죄인들은 자기 이름을 밝히지 않는다. 아무 희망도 없는 지옥인데도 자기 이름만큼은 지키고자 한다.

우스운 점이 하나 있다. 지옥 편에서 죄를 지어 벌을 받는 사람들은 자기를 밝히는 것에는 극도로 예민하지만, 타인의 죄를 밝히는 데에는 거침이 없다. 자기 이름은 악착같이 숨기면서 남의 죄에 대해선 열심히 고자질하는 사람들이 가득한 데가 지옥이다.

반대로 자기의 이름은 물론 자기의 죄를 말할 줄 아는 사람들이 있는 곳은 천국으로 가기 위한 바로 직전 단계의 연옥이다.

비난과 분노를
낳지 마라

비참한 모습으로 단테를 만난 것이 부끄럽기 이를 데 없었던 반니 푸치, 그는 뱀에게 목과 어깨를 물어뜯기고 있었다. 자신을 두고 인간이 아닌 짐승의 삶을 좋아했던 사람이라고 하는 반니 푸치의 고백은 얼핏 들으면 자신의 죄를 반성하고 있는 것처럼 보인다. 하지만 바로 다음 장면에서 그는 여전히 용서받을 수 없는 존재임을 스스로 드러냈다.

"그가 손을 높이 들어 상스럽게 손짓하며 외쳤다. '하느님아, 이거나 먹어라!' 곧 뱀 한 마리가 그의 목을 휘감았다. 마치 '할 말이 고작 그거냐?'라고 말하는 듯했다."

《지옥 편, 제25곡》

그는 여전히 짐승의 삶을 살고 있었다. 그러니 짐승처럼 다뤄질 수밖에 없다. 그는 하느님의 역린을 건드리면서 권위에 도전한다. 아니, 권위에의 도전보다는 지옥에서까지 하늘에 건방을 떠는 것이다. 폭력을 일삼는 반니 푸치의 어리석음은 스스로 자신에게 화를 자초한 꼴이었다.

하늘도 화가 난 것이다. 역린지화(逆鱗之禍)라는 말이 있다. 역린을 잘못 건드리면 목숨까지 잃을 수 있다는 뜻이다. 이때 역린이란 임금의 노여움을 이르는 말이다. 임금을 상징하는 용의 턱 아래에 거꾸로 난 비늘을 건드리면 용이 크게 노하여 건드린 사람을 죽인다는 말로서 중국 고전《한비자》에서 유래하는 사자성어다.

세상 사람들에겐 누구나 함부로 건드리면 안 되는 부분이 있다. 그런데 이는 남들의 잣대로는 평가할 수 없다. 각자 자신이 가장 중요하게 생각하는 부분이기 때문에 조심해야 한다. 이해하기 어렵다면 나의 말과 행동이 타인에게 해를 끼친 적이 있는지 생각해 보면 된다. 있다면 그것은 경중과 관계없이 상대방의 역린을 건드린 것이라고 보면 된다.

대단한 행동이나 엄청난 실수만 역린을 건드리는 문제가 되는 게 아니다. 예를 들어 부하 직원의 말을 듣던 상사가 "당신의 보고는 차마 들을 수가 없어요. 수준 이하입니다!"라고 말했다. 그 상사는 자신의 의도가 올바르다고 스스로 생각할 수도 있을 것이다. 하지만 상대방에겐 일종의 역린을 건드리는 행동이다. 나에겐 작더라도 누군가에는 큰 상처가 될 수 있다.

상대방의 역린을 건드린다는 건 상대방의 영혼에 상처를 입히는 것과 같다. 상대방의 건강함을 해하는 것이다. 하지만 내가 상대의 역린을 건드리는 순간 자신의 역린 역시 고스란히 건드려질 수 있다는 것을 기억해야 한다. 내 영혼이 상처받지 않고자 한다면, 나를 강하게 만들고자 하는 사람이라면 먼저 상대방을 존중하는 배려의 마음이 있어야 하는 건 당연하다.

강한 사람으로 살고자 자기 내면을 가꾸는 데 세상 사람들에 대한 홀대와 무시를 포함하는 건 절대 아니다. 강한 사람이란 자기 내면을 가다듬어 강자로 살아가고자 자신과 다른 타인을 향해 배려를 아끼지 않는 사람들이다. 자기 자신을 향할 때보다 더 조심스럽게 말하고 행동하는 사람이 진정한 강자다.

신곡에 이런 구절이 있다.

"하느님께서 만물을 창조하면서 우리에게 주신 선물은 '의지의 자유'다."

《천국 편, 제5곡》

나의 의지가 자유로운 곳이 내가 강하게 살 수 있는 곳이다. 이때 나 자신은 물론 상대방이 원하는 의지의 자유를 존중하는 것도 중요하다. 내가 상처받고 싶지 않은 만큼 상대방 역시 그 어떤 부분도 훼손되면 안 되는 존재라는 걸 잊지 않아야 한다. 상대방을 존중할 때 비로소 나의 강함도 인정받을 수 있다.

말의 무게를 알아야
현재를 지킨다

언행에 대한 깨달음

14

감언이설과 거짓말로
속이려 하지 말라

"당신은 당신이 하고 싶지 않은 일들을 내게는 시키고 싶은 모양이
로군."

《연옥 편, 제14곡》

몇 년에 한 번씩 대통령 선거, 국회의원 선거, 그리고 지방자치
단체장 선거가 돌아올 때마다 국민은 스트레스를 받는다. 스트레
스의 원인은 선거에 나선 사람들의 소위 '막말 퍼레이드' 때문이
다. '정치가 왜 이래?'라는 말이 절로 나올 정도다. 상대방을 두고
'학살의 후예', '무엇 같은 정치를 하는 집단'이라고 말하는 걸 들으
면 현기증이 날 정도다.

그러다 결국 막말로 자멸한다. 나이가 많은 사람의 선거권을 두고 '왜 미래가 짧은 분들이 (젊은이들과) 똑같이 표결하느냐'고 하는 데선 더는 하고 싶은 말이 없어질 정도다. 정치인의 품격 이전에 어른의 품격이 있어야 하는데 말투 하나를 제대로 고르지 못하는 사람들이 너무나 많다. 오직 적대감으로 경쟁 상대를 적으로 규정하고 공격하다가 튀어나오는 천박한 언행이다.

막말, 악담, 비난과 야유, 모욕 주기…. 지겹다. 그런 말을 하는 사람을 보는 것 자체가 고통이라는 것을 왜 정치인들은 모를까? 아니 알고도 모른 척하면서 자기가 원하는 눈앞의 목표를 채우려고 하는 걸까? 정치는 양극화되고 양극화된 정치는 분노의 정치로 향하는데 그 공간에는 증오의 언어, 갈등의 언어, 적대적 언어밖에 없다.

정치인은 우리 국민을 대변해야 한다. 우리 국민은 그들의 말이 부드럽고 아름답기를 바란다. 정치인은 갈등의 중재자이자 조정자이지 싸움꾼이 아니다. 정치인은 갈등을 조정하고 해소하는 직업인이다. 그런데 조정은커녕 갈등을 조장하고, 해소하기는커녕 갈등을 증폭시키고 있으니 답답한 노릇이다.

아무리 자신이 선한 의도로 말했다고 해도, 팬덤 지지자의 의견을 대변했다고 해도 그 말을 듣는 누군가의 감정을 고려하면 좋겠다. 어디 정치의 영역에서뿐일까? 우리 주변에서도 상대방에게 피로감과 괴로움, 고통을 주는 말들은 흔하다. 아무리 선한 의도로 말해도 결국 그 의도는 상대방이 판단하는 것이기 때문이다.

예를 들어 보자. 누군가를 위로하려고 말했는데 오히려 그 위로를 받는 상대방의 마음을 발기발기 찢는 경우가 있다. 한 아버지가 아들을 잃었다. 이때 위로하기 위해 "아들은 더 좋은 세상으로 갔을거야"라고 말했다고 해 보자. 상대방은 이를 고맙게 받아들일까? 절대 아닐 것이다. 오히려 뭐든 말하려는 것보다 아무 말하지 않고 조용히 옆에 있어 주는 것이 훨씬 낫다. 괜한 위로를 보내려고 하는 입이 문제다.

"이번 일이 당신의 일생에 전화위복이 될 것이다", "당신은 더 강해질 수 있는 계기가 될 것이다"라는 말도 마찬가지다. 상대방은 '너는 아들을 잃어 본 적이 있느냐?' 혹은 '더는 낼 힘도 없다'고 생각하게 되지 않을까? 화해할 수 없는 운명에 놓인 사람들을 향한 위로는 자칫 지독한 불쾌감으로 상대방의 마음을 아프게 한다.

말은 입 밖에 내뱉는 순간 나의 것이 아니다. 상대방의 것이 된다. 단테 역시 말의 중요성을 지나치지 않는다. 그는 말한다. '말조심하라!' 신곡에는 입만 살아 있는 사람, 아첨에 익숙한 사람, 상대방의 불행에 대해 쉽게 말하는 사람이 가는 지옥을 소개한다. 그곳은 똥물 가득한 곳이었다.

혓바닥을 알랑거린 탓에
지옥에 떨어진 이야기

단테가 한 지옥을 향하고 있었다. 가까이 갈수록 도대체 참을 수 없는 냄새가 코를 찔렀다. 그곳을 내려다보니 커다란 주머니 모양의 원형 구덩이에 사람들이 가득했다. 자세히 보니 그 구덩이에는 세상의 변소에서 가져온 거 같은 똥물이 가득했다. 그곳에서 사람들이 목만 내놓은 채 고통을 당하고 있었다. 눈을 크게 뜨고 살펴보던 단테에게 한 사람이 눈에 띄었다.

'어디서 많이 본 거 같은데….'

그를 유심히 바라보자 그가 단테를 향해 성질을 내며 소리를 지른다.

"왜 다른 더러운 놈들보다 나를 더 주시하느냐!"

단테는 기억을 되살려 본다. 그리곤 답한다.

"내 기억이 옳다면, 머리털이 똥물에 붙어 있는 널 전에 틀림없이 본 듯하다. 그래 맞아. 넌 루카 추신의 알레시오 인테르미네이, 맞지?"

당신의 혀는 진실을 품고 있는가?
거짓을 품고 알랑거리고 있는가?

단테는 이 말을 하며 생각했을 것이다.

'도대체 너는 왜 지옥에 오게 된 거야? 어쩌다 이 깊은 똥물 속에서 고통을 받게 된 거야?'

단테의 궁금증은 곧 풀렸다. 인테르미네이가 자신의 머리통을 스스로 때리면서 한탄처럼 말했기 때문이다.

"헛바닥이 지칠 줄 모르고 알랑거린 탓에 나는 이 깊은 구석에 처박히게 되었다."

《지옥 편, 제18곡》

그는 단지 헛바닥을 알랑거렸을 뿐인데 똥물 가득한 지옥에 빠져 고통을 받게 되었다. 헛바닥의 알랑거림은 진심이 아님에도 오로지 자신의 이익만을 위해 상대방에게 아첨하는 사람들을 의미한다.

자신의 이익을 목적으로 상대방을 속이는 말들, 자신이 조종하려는 의도로 상대방이 오해하게 하는 말들, 진심이 아닌 말로 상대방을 기만하고 인간관계를 왜곡시킨다면 결국 우리가 갈 곳은 지옥에 있는 똥물 속일 것이다. 우리가 알랑거리는 헛바닥으로 말을 함부로 내뱉으면 안 되는 이유다.

내가 한 말은
다시 나에게 돌아온다

강한 사람은 말이 없다. 약하기 때문에 말이 많은 것이다. 잘못한 게 없는 사람도 역시 말이 없다. 잘못한 게 있는 사람만이 자기의 잘못을 변명하느라 말이 많아진다. 말은 그런 것이다. 세상의 모든 충돌과 오해도 말에서 시작되는 경우가 흔하다. 말실수를 하는 사람의 특징도 대부분 약한 사람이라는 것이다. 강자는 말실수가 없다.

새는 입을 열면 노래가 되고 꽃이 피면 향기를 풍긴다. 온갖 식물의 씨앗은 입을 열어 새 생명을 태생시켜 인간에게 먹이를 제공했다. 그러니까 지구촌에 생존하는 모든 동식물은 저마다 지구를 위해 입으로 무엇인가 남기거나 봉사하는 은혜를 베푼다. 그런데 사람만이 입을 열어 잘못을 퍼트리는 듯하다. 복을 가져오는 문이어야 하건만 오히려 화를 일으키는 문의 역할을 한다.

나쁘게 말을 하는 사람에겐 더 나쁜 말이 돌아오기 마련이다. 다른 사람을 즐겁게 하려고 또 다른 사람을 희생양으로 삼고 있는 자신을 발견했다면 당장 그만두어야 한다. 더 늦기 전에 깨달아야 한다. 말을 나쁘게 했다는 걸 뒤늦게 깨우쳐 봐야 이미 입 밖으로 나간 말들이 자신에게 부메랑으로 돌아온 다음이기 때문이다.

우리는 어떻게 말을 해야 할까? 하나하나 사례를 들기보다는 단테가 말하는 하나의 지침만 기억해도 괜찮지 않을까 한다.

"당신이 하고 싶지 않은 것을 내게는 시키고 싶은 모양이로군."

즉 '내가 받고 싶은 걸 상대방에게 해 주되 내가 받고 싶지 않은 것은 상대방에겐 하지 말라'는 인간관계의 기준과도 같은 말이다. 이를 우리의 말과 연계하여 말해 본다면 다음과 같은 결론이 나올 것이다.

"상대방에게 듣고 싶은 말을 상대방에게 해 주고 상대방에게 듣고 싶지 않은 말은 상대방에게 하지 않는다."

오직 말뿐일까? 세상 모든 게 그렇다. 상대방이 원하는 걸 해 주고 원하지 않는 걸 하지 않는 것이 어렵게 느껴진다면 반대로 생각해 보자. 상대방이 원하는 걸 해 주고 상대방이 기대하는 것을 말해 주는 자, 그가 곧 강자다.

15

진실을 숨기고 사악한 얼굴을 보이고 있는가

"너에게 돈을 당겨 줄 사람이 여기는 없지 않느냐!"

《지옥 편, 제18곡》

자신의 이익을 위해 누군가를 이용하는 사람의 이야기는 전해 듣기만 해도 기분이 나쁘다. 단테가 여행하고 있는 지옥에도 이러 한 죄인들이 가득하다.

이때 중요한 게 있다. 자기가 아닌 제삼자를 향해 좋은 일을 한 사람이 있다고 해 보자. 그 좋은 일의 뒷면에 또 다른 누군가에게 해를 끼쳤다면? 전체적으로 보아 결국은 죄를 범한 셈이다. 우리 주변에서 있었던 사건을 예로 들어 보자.

"박 씨는 ○○대학교 4학년에 재학 중이던 지난 2013년 9월 당시 ○○대학교 총장을 만나 발전 기금 1억 원을 내놓기로 약속했다. 그는 이후에도 시민 사회단체 등에 기부하며 언론에 자주 등장했다. 그는 언론 인터뷰에서 "수천만 원을 주식에 투자해 수백억 원을 벌어 기부하고 있다"라고 했다. 언론은 그에게 청년 버핏이라는 별명을 붙여줬다. 그의 거짓말은 2017년 8월 3일 주식 투자자 신 아무개 씨의 의혹 제기로 들통이 났다."

〈한겨레신문〉, 2019년 7월 20일

누군가를 위해 아낌없이 기부하던 이 청년은 주식의 달인 소리를 듣기에 앞서 선한 청년 그 자체였다. 하지만 이 선행의 뒷면에는 주식 투자로 고수익을 내 주겠다며 지인 4명에게서 18억여 원을 받은 악행이 있었다. 누군가에게는 선행, 다른 누군가에는 악행…. 단테는 말한다. 무조건 죄악이라고.

선량한 사람을
유혹한 죄인

단테의 신곡에는 지옥마다 이름이 있다. '말레볼제(malebolgia)'라는 지옥도 그중 하나다. 말레는 '사악'을, 볼제는 '구덩이'를 뜻한다. 이 구덩이는 총 10개로 로마의 원형 극장처럼 경사진 주머니 모양으로 나뉘어 있고, 이곳에서 죄인들이 벌을 받는다. 이곳을 지나던 단테의 눈에 익은 한 사람이 보였다. 단테의 눈을 피하던 그의 이름, 베네디코 카치아네미코로였다.

거무튀튀한 바위 위에서 뿔난 마귀들이 휘두르는 긴 채찍을 휘두르고 있었다. 그는 마귀들의 매질을 고스란히 당하고 있었다. 단테가 묻는다. 도대체 왜 이런 지옥에 와 있는지, 무슨 죄로 고통을 받아야 하는지. 카치아네미코로의 대답이다.

"이 더러운 얘기가 어떻게 들릴지 모르겠습니다만, 나는 아름다운 여자 기솔라벨라를 데리고 가서 후작의 욕망을 채워 주었던 사람이오."

카치아네미코로는 마담뚜였다. 그런데 그 죄질이 사악하다. 당시 유명 가문으로 권력의 중심에 있던 에스케 가문의 환심을 사기 위해 오피초란 인물에게 돈을 받고 한 여자를 넘기는데, 그 여자는 바로 자신의 누이 기솔라벨라였다. 여자, 그것도 자신의 누이를 힘 있는 사람에게 소개하고 그 대가를 받는 사람…. 그의 말이 끝나기도 전에 마귀 하나가 그에게 채찍을 휘두르며 말했다.

"꺼져라, 이 뚜쟁이야! 여기에 돈벌이할 여자는 없다!"

《지옥 편, 제18곡》

카치아네미코로는 한마디로 선량한 사람을 충동질하여 잘못된 길로 내몰리게 한 자였다. 멀쩡한 사람을 유혹하여 올바른 길에서 벗어나게 한 그들은 지옥에서 매섭게 매질을 당한다. 단테는 의도적으로 상대방을 잘못된 길로 유혹한 사람을 경멸한다. 아무리 작은 유혹이라고 하더라도 그 한 번이 누군가에게는 인생의 끝, 즉 나락으로 이어지게 만들기 때문이다.

과정과 결과가 모두
선해야 선행이다

세상에는 이런 사람의 행동을 벌하는 명문화된 규정들도 많다. 우선 형사적 책임을 지우는 것이다. 예를 들어 청소년을 유인하여 성매매하게 한 경우, 관련 법률에 따라 징역 또는 벌금에 처한다. 민사적 책임도 이어진다. 친구를 사기꾼에게 소개해 친구가 사기를 당한 경우, 친구가 입은 손해를 배상해야 할 수도 있다.

하지만 법적으로 명문화된 책임보다 더 무서운 건 사회적 책임이다. 누군가를 잘못된 길로 유도해 사회에 악영향을 미쳤다면, 예를 들어 아무것도 모르는 사람에게 마약을 권유하여 마약 중독에 빠지게 한 사람은 법적 책임뿐 아니라 사회적으로도 반드시 책임을 져야 한다. 사회로부터 격리해야 할 것이다.

단테가 생각한 지옥에서 이런 사람들에겐 법적, 사회적 등의 책임은 없다. 모진 매질만이 기다릴 뿐이다. 책임을 다했을 때 죄가 사라지는 기대 따위는 할 수가 없다. 끝까지 고통만을 받아야 할 사람들일 뿐이다.

우리는 생각한다. 한 사람의 이익 플러스에 다른 사람의 손해 마이너스를 합산해서 플러스면 잘한 것 아닌가? 아니다. 단테는 이러한 계산법을 혐오한다. 나쁜 짓과 좋은 일은 저울질의 대상이 아니다. 나쁜 짓 하나만으로 그냥 나쁜 짓이다. 아무리 선행의 몫이 크다고 하더라도 악행이 존재하는 한 그 일은 선행이 될 수가 없다는 게 단테의 생각이다.

누군가는 결과만 좋으면 된다고, 과정은 불법과 부당을 포함하여 수단과 방법을 가리지 않아도 된다고 말한다. 다시 반복하지만, 단테는 단호하다.

"그것은 지옥에나 가야 할 행동일 뿐이다!"

많은 사람을 위한 선행이 한 사람에게 행한 악행을 덮을 수는 없다. 지금 나를 위해, 아니 제삼자를 위해 내 눈앞에 있는 누군가에게 잘못된 말이나 행동을 하고 있는가? 그렇다면 먼 훗날 지옥에 떨어져 혹독한 매질을 당해야 하는 자기 자신을 그려 볼 일이다. 단테가 말하는 좋은 일에서 나쁜 짓이란 건 단 하나도 인정될 수 없다.

16

세속의 바닥에
도덕을 떨어트리지 마라

"아래를 바라봐라! 네 발바닥이 딛고 있는 돌바닥을 잘 볼 수만 있
어도 너의 가는 길은 한결 수월해질 것이다."

《연옥 편, 제12곡》

"실패를 실패시켜라!"

대학원에서 공부할 때 지도 교수께서 하던 말씀이었다. 성공을
통해 성장할 수도 있으나 실패를 통해 배워서 발전하는 것 역시
충분히 가치 있다는 뜻이다. 들을 때는 긴가민가했다. 지금 생각
해 보면 이 말이야말로 일상을 살아가며 수많은 일을 겪을 때 반

드시 기억해 두어야 할 인생의 화두가 아닌가 싶다.

신곡은 인간의 삶과 사후 세계에 대한 심오한 통찰을 담고 있는 걸작이다. 이 책에서 단테는 지옥, 연옥, 천국을 여행하며 다양한 인물들을 만나고 그들의 이야기를 듣는다. 특히 지옥 편에서는 죄를 지어 영원한 벌을 받는, 즉 현생에서 '실패한' 죄인들의 모습과 그들이 지옥에 이르게 되는 과정이 생생하게 묘사된다.

지옥에서 고통받는 자들, 즉 세상을 잘 사는 것에 실패한 자들을 통해 우리는 간접적으로 죄의 본질과 그 결과를 성찰할 수 있다. 죄인들의 이야기를 통해 우리는 어떤 행동이 옳은지 그른지, 그리고 그러한 행동이 가져올 수 있는 파멸적인 결과에 대해 고민하게 되는 것이다. 이는 단순히 종교적인 교훈을 넘어 인간의 윤리와 도덕성에 대한 근본적인 질문을 던진다.

이렇게 보면 신곡은 특히 지옥 편의 경우에는 우리에게 현세에서의 삶의 방식과 가치관에 대해 깊이 반성할 수 있는 기회를 제공한다. 책을 읽으며 우리는 자신의 언행을 되돌아보고, 잘못된 선택으로 인해 고통받는 죄인들의 모습에서 교훈을 얻을 수 있기 때문이다. 한마디로 '실패를 잘 실패시킬 수 있는' 지혜를 얻게 될 수 있다.

신곡은 인간 존재의 본질과 삶의 의미에 대한 깊이 있는 탐구라고 할 수 있다. 이 위대한 작품을 통해 우리는 자신의 삶을 성찰하고, 진정으로 가치 있는 것이 무엇인지 깨달을 수 있다. 그렇기에 신곡이 수 세기에 걸쳐 수많은 독자에게 사랑받아 온 불후의 명작으로 아직 우리 곁에 있는 것인지도 모르겠다.

허황된 말로
사람의 마음을 현혹한 죄

단테는 두루뭉술하거나 모호한 것을 싫어했다. 냉정하게 현실을 볼 줄 아는 인물이었다. 그는 허황되거나 쓸데없는 허영을 극도로 혐오했다.

단테가 한 지옥에 도달한다. 그 지옥에서 고통받는 사람들의 모습은 흉측했다. 지옥을 여기저기 돌아다니던 단테조차도 도대체 똑바로 바라볼 수가 없을 정도였다.

"서로 기대앉은 두 사람을 보았다. 머리끝에서 발끝까지 딱지가 뒤덮여 있었다. 그들은 어떤 치료로도 소용이 없는 가려움증에 걸린 환자처럼 몸부림을 치면서 손톱으로 제 몸을 쥐어뜯고 있었다."

《지옥 편, 제29곡》

벌겋게 딱지가 붙은 피부를 미친 듯이 긁고 있는 사람들을 본 단테는 주인에게 들볶인 마부가 화풀이하듯 말을 벅벅 빗질하는

미래에 대한 허황된 꿈이 현재를 불행하게 하고 있지 않는가?

것 혹은 잉어같이 거친 비늘을 지닌 물고기를 식칼로 베어 내는 것과 같다고 표현했다. 손가락은 오로지 자기 몸의 딱지를 떼는 데만 쓰이는 것 같았다. 단테가 그들에게 어쩌다 이곳에 오게 된 것인지 물었다.

한 사람이 대답했다.

"나는 '공중을 날 수 있다!'라고 말했던 사람이다. 거기에다가 나는 세상에서 연금술사 노릇도 했다."

《지옥 편, 제29곡》

날지 못하는데도 날 수 있다고 말한 사람, 돌로 금을 만들 수 있다고 한 사람에게 이토록 잔인한 벌을 준 이유가 도대체 무엇일까? 헛되고 황당하며 미덥지 못함을 뜻하는 허황이 그토록 큰 죄가 되는 이유는 무엇일까? 살인도 아니고, 폭력도, 강간도 아닌 그저 말로만 떠들었을 뿐인데 말이다.

단테의 생각은 이랬다. 허황한 생각은 전염병처럼 다른 사람의 마음도 들뜨게 만든다. 한 사람을 현혹한 후에는 지역 사회를 오염시키며 결국에는 국가와 민족을 모두 엉망으로 만든다. 그러니 그 죄는 절대 가볍지 않다. 오래전 한 대학교 교수가 줄기세포 연구를 한다며 온 나라를 들썩였던 때가 기억난다. 그것이 거짓으로 밝혀졌을 때 얼마나 허탈했던가.

단테는 누군가의 가려움증을 긁어 주겠다고, 아픈 것을 고치겠다고, 금을 만들겠다고 하면서 허황한 이야기를 하는 사람들은 결국 남의 가려움을 긁어 주지 못한 죄로 지옥에서 끝없이 자기 몸을 긁어야만 하는 고통을 받게 된다고 말한다.

땅에 발을 딛고
살아야 하는 이유

현실이란 '현재 사실로 존재하고 있는 일이나 상태로 실제로 존재하는 사실'이다. 쉽게 말해서 그 존재를 믿지 않아도 사라지지 않는 것이다. 하지만 우리는 현실을 쉽게 생각하는 경우가 많다. 그 어떤 사상, 학문, 이론, 종교도 현실보다 우선시되거나 중요시될 수 없음에도 말이다.

단테는 현실에 대한 정확한 인식이야말로 이 세상을 살아가는 사람이 갖춰야 할 도리라고 말한다. 허황된 이론에 빠지거나 불가능한 일에 현혹되어 자신이 지금 존재하는 시간과 공간을 무시해서는 안 된다는 것이다. 단테는 신곡을 통해 허황한 꿈을 꾸는 사람들의 무지함에 엄중한 경고를 내린다.

자신의 내면을 강하게 만드는 사람, 스스로 자신을 강하게 설계하는 사람은 희미한 미래를 두고 안달하지 않는다. 대신 '지금,

여기'의 평안함을, 그리고 그 속에서의 자기 성장을 스스로 물어볼 줄 안다. 일이 풀리지 않을 때, 걱정과 불안이 스멀스멀 올라올 때, 인생 강자는 먼 곳을 바라보기 전에 자신의 발이 닿는 곳을 유심히 살핀다.

"아래를 바라봐라! 네 발바닥이 딛고 있는 돌바닥을 잘 볼 수만 있어도 너의 가는 길은 한결 수월해질 것이다."

내 발바닥이 딛고 있는 곳은 어디일까? 그 바닥은 무엇을 의미할까? 거기에 우리의 인생이 달렸다. 저 멀리 남태평양의 멋진 휴양지에 우리의 미래가 있는 게 아니다.

17

진실을 비트는 거짓에
속지 마라

"도대체 네가 누구이기에 한 뼘도 안 되는 짧은 시야로 수천 킬로
미터 너머 떨어진 곳을 감히 판단하려 드는가?"

《천국 편, 제19곡》

어제도, 오늘도, 우리 주변에는 누군가에게 막연한 환상을 주면
서 그들의 노력을 가로채는 사람들이 있다. 거짓으로 미래를 불안
하게 만들면서 그 불안을 없애 준다는 감언이설로 재산을 탈취하
는 사람들이다. 이들은 주로 우리의 인생이 바닥을 칠 때 나타나
서는 거짓으로 환상적 미래를 보여 주면서 가짜 행복감으로 유혹
한다.

일자리가 필요한 청년들을 외국에 취업시켜 주겠다고 속인 뒤 투자를 강요한 50대 남성이 철창 신세를 지게 됐다. 대구지검 형사3부(부장 검사 김해중)는 청년들을 해외에 감금시킨 채 투자 사기 범행을 강요한 혐의(영리 유인 등)로 50대 남성 A 씨를 구속, 기소했다고 21일 밝혔다. 검찰에 따르면 A 씨는 지난 9월 피해자 4명에게 "라오스 경제특구에 있는 회사에 주식 상장을 위해 3개월 간 일하면 큰돈을 벌게 해 주겠다"라며 이들을 미얀마로 밀입국시킨 후 무장 경비원이 지키는 숙소에 40일 동안 감금한 혐의를 받는다.

〈세계일보〉, 2023년 12월 21일

돈이 인생의 전부가 되어서는 안 되지만, 자본주의 사회에서 돈은 생존의 조건이다. 그런데 그 돈을 이용해서 사람을 유혹하고 파멸에 이르게 하는 사람들은 한 사람의 생명을 앗아가는 살인자의 죄와 같이 취급하여 벌을 받아야 마땅하다. 돈은 우리가 노력한 성과다. 그 성과를 허무하게 빼앗는 사람들이야말로 극악의 벌을 받아야 한다.

선량한 사람들을 막다른 골목에 이르게 한 사람들의 미래, 아니 이들이 가게 될 지옥은 어떤 모습일까? 단테는 악한 행위 중에서도 특히 남을 속이는 기만 행위를 가장 사악하게 봤다. 당연히 지옥에 떨어질 것이며 극악의 고통을 당할 것이다.

머리가 등 쪽으로
뒤틀린 채 우는 거짓 예언가

단테가 지옥에서 목격한 광경이다.

"사람들이 말없이 눈물을 흘리며 둥글게 이어진 계곡을 따라 세상에서 미사를 드리듯 천천히 걸어가고 있었다. 시선을 아래로 내려서 보니 놀랍게도 그들은 하나같이 턱과 가슴 사이가 비틀린 듯이 보였다. 얼굴이 등 쪽으로 돌아가 있어서 앞을 볼 수 없기에 그들은 뒷걸음치며 걸어야만 했다."

《지옥 편, 제20곡》

그들은 중풍으로 인해 뒤틀린 모습을 하는 게 아니었다. 벌을 받고 있었다. 단테는 수많은 지옥에서 고통받는 자들을 보면서도 특별한 감정을 드러내지 않았다. 하지만 이번 지옥에선 눈물을 흘린다. 거칠게 뾰족이는 바위에 기대 혼잣말을 한다.

"눈물이 등골을 타고 엉덩이를 적시는 저들의 모습을 보면서 내 어찌 눈물을 흘리지 않을 수 있으리오!"

단테가 눈물을 흘리게 만든 그들의 죄는 도대체 무엇일까? 그들은 사람들을 현혹하여 돈을 받는 마법사, 미래를 예측한다면서 돈을 챙긴 점쟁이로 거짓 예언가들이었다. 앞으로 다가올 세상, 아니면 실제로 일어나지도 않는 일을 두고 자신이 아는 척 말하면서 상대방에게 무엇인가를 빼앗아 간 사람들이 받은 죄는 머리가 등 쪽으로 뒤틀린 상태로 살아가는 일이었다.

그들은 하나같이 울고 있었다. 머리가 등 쪽으로 돌아가 있어 눈물이 엉덩이를 적셨다. 너무나 앞만 보려고 했기에 정작 중요한 지금, 여기를 제대로 바라볼 줄 몰랐던 사람들이 받는 벌이었다. 그뿐만 아니라 미래를 예언하면서 타인을 유혹하고 어려움에 빠지게 했기에 지옥에서는 뒷걸음으로만 걸을 수 있는 신세가 된 것이다.

인생의 모든 순간에는
순서가 있다

단테는 지옥 편에서 수차례에 걸쳐 경고한다. 인생행로의 한복판에 서서 어디로 가야 좋을지 모를 때일수록 눈앞에 있는 것을 먼저 자세히 살펴보라고.

세상 모든 일에는 순서가 있는 법이다. 대박을 바라기 이전에 순서가 무엇인지를 따지는 게 나를 보호하는 삶의 기술이다. 특히 요즘에는 순서가 더 중요해진 듯하다. 키오스크가 그렇다. 참고로 키오스크는 여러 이득이 있다. 우선 비용이 절감된다. 즉 인건비를 줄이는 효과가 있다. 최저 임금이 오르고 있는 요즘 시대에 한 번 설치하면 추가로 발생하는 비용이 거의 없다.

두 번째, 관계 갈등이 없다. 고용주가 직원을 고용하고 함께 일 하다 보면 인간관계가 형성된다. 인간관계에서 발생하는 스트레 스나 갈등이 이 디지털 직원에게는 없다.

하지만 가장 중요한 건 세 번째 아닐까? 휴먼 에러(human error) 가 없다. 기계는 사람이 순서를 따르지 않으면 절대로 다음 단계 로 넘어가지 않는다.

키오스크로 인해 사람 없는 가게가 늘어나고 있다. 점점 더 인 간의 예측이 아닌 정형화된 프로세스에 맞춘 기계들이 AI의 발전 과 함께 대체될 것이다. 이러한 발전이 한편으론 서늘하면서도 다 른 한편으론 단테가 말하는 얼굴이 등 쪽으로 돌아가서 고통을 받 는 죄인은 앞으로 점점 줄어들지 않을까 기대도 해 본다.

하지만 사람들이 순서를 지키지 못한 결과로 기계가 사람을 대 신한다는 점에서 안타깝기도 하다. 순서를 지킨다는 것은 이렇게 중요하다. 살아가는 것도 그렇다. 일정한 과정을 거치지 않고 선 불리 앞을 보려는 태도를 조심해야 한다.

"등을 가슴으로 삼고 있는 그의 모습을 봐라! 너무나 앞을 보고 싶었기에 뒤를 바라보며 거꾸로 가고 있구나!"

《지옥 편, 제20곡》

점쟁이 노릇, 속임수 가득한 마술…. 단테가 말하는 지옥에 빠져야 할 자들이다. 하지만 그런 것들에 현혹되는 우리 역시 단테가 말하는 죄에서 자유롭진 못하다. 너무나 앞을 보고 싶었기에 잘못된 것을 받아들이는 건 오로지 우리의 몫이기 때문이다. 단테가 말한 것처럼 바늘, 북, 물레를 버리고 점쟁이가 되어 버린 저 불쌍한 사람이 우리가 되어서는 안 된다.

세상 사람들이 늘 말하듯이 지금 우리에게 주어진 시간과 공간에 충실해야 한다. 함부로 예언하려고 하지 말되 그런 예언을 하는 사람들에게 휘둘려서도 곤란하다. 주가지수가 얼마가 된다는 사람들, 비트코인이 몇 억원이 될 거라는 사람들, 어느 역세권의 아파트가 대박이 날 것이라는 사람들…. 모두 지옥에 갈 사람들이긴 하지만 그에 휘둘리는 우리도 마찬가지다.

이들의 이야기를 듣고 있으면 속기 쉽다. 하지만 명심하자. 인생이 바닥을 치고 있을수록 행복감을 다시 상승으로 반전시키는 방법은 '지금, 여기'에서 빛을 찾아내는 것이라는 점을. 함부로 예언하는 사람만큼이나 그런 예언에 섣부른 선택을 하는 것도 죄악이라는 점을 반드시 기억해야 한다.

18

진실을 숨긴 겉모습에 현혹되어서는 안 된다

"생각에 생각을 겹쳐 놓는 사람은 원래의 목표와 멀어지게 마련이다. 한 생각이 다른 생각을 약하게 만들기 때문이다."

《연옥 편, 제5곡》

미래를 알고 싶은 마음에 여전히 많은 사람이 점집을 방문한다. 하지만 우리는 미래가 예언이나 통찰, 예측으로 달라지지 않는다는 것을 잘 안다.

미래는 예측이 아니라 적극적으로 계획하는 자가 여는 법이다. 미래에 귀를 기울이겠다면서 현재를 무시한다면 당장 나에게 찾아올 멀쩡한 내일마저 엉망이 된다. SNS, 유튜브에서 쏟아지는 미래 예측이 허상인 이유다.

특히 돈에 대한 관심이 커지면서 여러 곳에서 경제를 해설하고 투자 정보를 알려 주고 있다. 사람들은 인기 방송인들의 독특하고 화려한 경력에 넘어가고 그들의 말재주에 귀를 기울인다. 하지만 조심해야 한다. 주식 활황기 때 갑자기 나타나 별별 사기를 다 치고 사라진 그들에게 더는 현혹되어서는 안 된다. 단테에 따르면 이들은 사이비 그 자체다.

미래에 대한 예측은 긍정적인 면이 있음에도 현실을 헷갈리게 만들기에 사이비가 되기 쉽다. 특히 최근 유튜브 등의 개인 방송이 일반화되어 재주와 겉치레만 번듯한 사람들을 쉽게 접할 수 있게 되었다. 이제 사람들은 진정으로 믿을 만한 사람을 알아보기 힘들다. 가짜 뉴스가 많아지면서 진짜 뉴스도 믿기 힘든 상황이 되었다.

미래를 바꾸고 싶다면
현실을 충실히 봐야 한다

단테의 말이다.

"우리는 노안이 된 듯 멀리 있는 것은 보지만 가까이에 뭐가 다가오면 우리의 지성은 쓸모가 없어지지요. 누군가 가르쳐 주지 않는다면 우리는 세상일들을 알 수가 없소."

《지옥 편, 제10곡》

멀리 가고 싶다면 가까운 곳을 먼저 확인할 줄 알아야 한다. 하지만 우리는 보통 현재를 바꾼다면서 미래를 먼저 걱정한다. 잘못된 전략이다. 그 반대여야 한다. 미래를 바꾸고 싶다면 현재 적용 가능한 구체적인 전략을 수립하는 게 먼저다. 미래를 예측하며 방비하는 수동적 태도가 아니라 구체적인 전략을 통해 현재의 당면한 과제를 해결하려는 태도가 중요하다.

아무리 큰 비전을 품고 미래를 바라본다고 하더라도 시금 나에게 닥친 문제를 정면으로 마주하지 않으면 결국 인생은 실패의 길로 가기 쉽다. 우리의 인생 전략은 먼 미래를 바라보는 머리가 아니라 내 앞에 놓인 문제를 해결하겠다는 무릎에서 나와야 한다는 것이 단테의 조언이다.

그렇다면 단테는 미래를 무시했던 것일까? 아니다. 단테가 말하고자 하는 핵심은 더 나은 미래를 위한 현재로의 집중이다.

단테는 미래에 대한 두려움이 그 누구보다도 컸다. 그래서 오히려 현재에 대한 몰입을 강조했다. 단 앞이 안 보이는 희미한 미래에 대한 지나친 두려움으로 인해 현재에 해결해야 할 과제를 등한시하는 걸 조심하라는 것이 단테가 우리에게 진정으로 하고 싶었던 말이다.

현재를 바라보는
세 가지 방법

그렇다면 이제 현재와 마주하는 법을 알아볼 차례다. 단테의
말을 통해 더 나은 미래를 위해 현재를 바라보는 법을 배우면 좋
겠다.

"내가 대답하기에 앞서 침묵했던 것은 단지 내가 틀릴까 걱정
했기 때문이었소. 그걸 당신이 바로잡아 준 것이오."

《지옥 편, 제10곡》

이제 미래를 잘 살아가기 위해 지금 어떻게 살아야 할지에 대
한 단테의 대답이 어느 정도 정리된 듯하다. 단테가 말하는 미래
를 잘 맞이하기 위해 현재를 살아가는 방법의 핵심은 다음과 같이
정리해볼 수 있다.

첫째, 침묵을 지킬 것

둘째, 잘 듣고 잘 볼 것

셋째, 섣불리 자신이 아는 걸 말하지 말 것

보이지 않는 두려움과 걱정에 끊임없이 고민하느라 괴로운가?
일어나지도 않은 일보다 현재에 집중하는 것이 우리를 단단하게 만든다.

한 가지만 더 확인해 보자. 행동이 아닌 생각의 측면에서 침묵을 지키고, 잘 듣고 보며, 섣불리 말하지 않으려면 어떤 마인드를 갖춰야 할까? 단테는 말한다.

"생각에 생각을 겹쳐 놓는 사람은 원래의 목표와 멀어지게 마련이다. 한 생각이 다른 생각을 약하게 만들기 때문이다."

생각에 생각을 겹쳐 놓아 일상의 순간을 즐기지 못하고, 가야 할 방향을 잃어버린다면, 우리가 서 있는 현재의 시간과 공간은 지옥 그 자체가 된다. 이를 위해 단테가 우리에게 침묵과 잘 듣고 잘 보기, 그리고 섣불리 말하지 않아야 한다고 조언한다. 뻔한 이야기로 들릴 수밖에 없지만, 단테는 아마도 다음과 같은 모습을 우리에게서 보고 싶었을 것이다.

- 말하는 사람을 바라보면서 조용히 듣는다.
- 침착하고 자연스러운 태도로 바르게 앉아 듣는다.
- 다른 사람의 의견을 수용하고 존중하면서 끝까지 듣는다.
- 말하는 내용이 합당하면 고개를 끄덕이거나 동감하는 표정을 짓는다.

단단한 사람으로 인생을 살고 싶다면 침묵하고, 잘 듣고 보아야 한다. 쓸데없이 생각에 생각을 겹쳐 두지 말아야 한다. 가능하면 담백하게, 그리고 간결하게 현실을 바라볼 줄만 알아도 우리는 인생의 강자가 될 것이다.

진실된 인생이
거짓된 인생을 이긴다

관계에 대한 깨달음

19

불화와 분열의
씨를 말려라

"고귀함은 금방 오그라드는 겉옷과 같다. 날마다 덧대어 깁지 않으면 세월이 가위를 들고 조금씩 잘라 버린다."

《천국 편, 제16곡》

신곡은 친절하다. 친절하다는 건 명쾌하다는 뜻이다. 더 나은 삶이란 어떤 것인지 지옥, 연옥 그리고 천국의 모습을 통해 잘 알려 준다. 추상적으로, 이론적으로만 이야기를 끌어가고 있지 않다. 구체적인 사건을 통해 우리가 사는 지금 이 세상에서 어떻게 말하고, 어떻게 행동해야 하는지를 알려 준다.

성숙한 인간으로 살아가고자 하는 사람들에게 신곡은 섬세한 마음가짐으로 나라는 자아가 누구인지 일상 속에서 의식하는 자세를 가져 보라고 알려 준다. 이왕이면 자신보다 더 섬세한 감각으로 자아를 의식할 줄 아는 사람을 찾아 그를 스승으로 삼아 배우면서 말이다. 일상의 기준으로 삼을 만한 내용들이 가득한 책이 신곡이다.

정치 영역을 자꾸 언급하게 되는데 개인적으로는 신곡을 정치인들이 꼭 읽으면 좋겠다고 생각한다. 몇 년에 한 번 돌아오는 정치의 시간에는 늘 비슷비슷한 문구가 정치인들의 입에서 나온다. 그중에 하나는 '갈등을 통합으로' 혹은 '분열을 화합으로'다. 평소에는 그토록 서로를 죽이겠다고 싸우다가 선거철만 되면 화합과 통합을 내세우는 정치인들을 보면 우습다.

그런 그들에게 한 표를 던져야 하는 유권자는 답답하다. 정치인들의 뻔한 속셈을 알기에 그러하다. 부모와 자식, 부부, 형제자매, 친구, 이웃 등 모든 사람은 관계로부터 시작되고 관계를 통해 발전한다.

하지만 나라를 이끌어 가라고 대표성을 부여한 정치인들은 어떻게 해야 좋은 관계로 나아갈 수 있는지 고민하기는커녕 늘 상대방을 향해 모략질, 지적질만 하고 있다. 그렇게 갈등과 분열을 조장한다.

정치인들이 신곡을 읽을 줄 안다면 그래서 불화의 언어, 단절의 언어, 투쟁의 언어로 상대방을 함부로 대했을 때 미래에 어떻게 될지에 대해서 알았더라면, 국민을 상대로 서로 자기편이라면서 이간질하는 일은 없을 듯하다. 선한 유권자들을 갈기갈기 찢어 놓는 정치인들에게 단테라면 이렇게 말했을 것이다.

"조심해요. 지옥에 떨어져서 얼굴이 턱부터 머리까지 찢어지지 않으려면."

인화의 마음과
고귀함이란 태도

인화(人和)라는 말이 있다. 뜻은 한자 각각의 글자 그대로 '여러 사람이 서로 화합함'이다. 너무나 당연해 보이는 단어지만, 실제 우리 삶 속에서 적용하기가 쉽지 않다. 인화보다는 분열이 일상인 우리 주변의 모습을 너무나 쉽게 찾아볼 수 있다. 누군가의 말 한마디에 사회가, 직장이 그리고 가족이 흔들리는 모습이 안타깝기만 하다.

솔직히 멀리서 찾을 필요도 없다. 나 역시 요즘 인화가 어렵다. 내가 생각하는 나의 이미지에서 덜어낼 것은 덜어내고 채울 것은 채우는 인생의 재조정이 필요한 시기임에도 말이다. 아마 덜어야 할 것을 채우고, 채워야 할 것을 덜어내는 악습이 남아 있기 때문이 아닐까 한다. 지금껏 쌓아 온 오직 자기 경험만으로 세상과 화해하려고 하니 인간관계가 잘될 리가 없다. 인화가 잘될 리가 없다.

고백하자면 특히 나에게 문제가 되는 건 다른 사람에게 닥친 문제를 오로지 나의 기준으로 판단하는 데 거리낌이 없다는 사실이다. 나의 협소한 경험이 얼마나 대단하기에 그토록 상대방의 경험을 무시하고 뭉갰는지 스스로 탄식이 나올 정도다. 변하는 세월을 수용하기보다 이미 경험한 세월을 나의 권위로 삼는 모습에 익숙해 있었다.

상대방의 얼굴만을 바라보았을 뿐 내 모습이 어떤지를 바라보는 것에는 미숙했다. 나는 매일 내 얼굴을 보기 때문에 그 얼굴에 생기는 변화를 잘 알아보지 못한다. 이처럼 나는 늘 같은 자세로 세상을 살아가느라 내 자세가 옳은지 그른지 역시 알지 못한 채 결국 사람들과 불화를 겪게 된 거다.

이미 짐작했듯이 단테는 인화에 실패하면 지옥에 가야 할 죄라고 이야기한다. 내 탓보다는 네 탓, 제삼자 탓을 하는, 더 나쁘게는 상대방과 제삼자 사이를 갈라놓으려 하는 사람은 지옥행을 준비해야 한다. 그 벌은 참혹하다. 턱부터 항문까지 찢어지는 벌을 받는다. 얼굴도 온전할 리가 없다. 턱부터 머리털이 나는 부분까지 반으로 갈라져 버린다.

누군가와의 관계에 개입하여 그 관계를 망치는 사람의 벌은 여기서 끝나는 게 아니다. 단테에 따르면 그렇게 한번 찢어져 버린 부위는 시간이 지나면 아물게 되는데 지옥에선 그 아문 부위를 지옥의 마귀가 다시 찢어놓는다. 고통이 아물 때 다시 고통을 얻는 것이다. 단테는 이런 고통을 받아야 할 사람이란 살아 있을 때 불화와 분열의 씨를 뿌린 자임을 강조한다.

우리 주위에도 이런 자들이 있다. 가족 간에도 부모의 재산을 두고 추악한 이간질을 하는 경우가 얼마나 많은가? 수십만 년 전 원시인의 DNA가 아직 인간의 뇌리에 남아서일까? 서로 죽고 죽이고 그렇게 밟고 올라가려는 모습이 답답하다.

그렇다고 해서 인화를 포기하고 갈등과 투쟁, 분열과 반목을 당연한 듯이 받아들이는 건 용납할 수 없다. 오히려 인화를 통해 우리 인생에서 완전한 경험을 누리려고 노력해야 한다. 인화란 한 인간이 지닌 고귀함을 드러내는 일이다. 상대방을 배려하고 또 인정하고 수용하며 함께 사는 세상을 만들려는 고귀함인데, 이를 본능에 맡겨선 안 된다. 나름의 훈련이 필요하다. 단테의 말이다.

"고귀함은 금방 오그라드는 겉옷과 같다. 날마다 덧대어 깁지 않으면 세월이 가위를 들고 조금씩 잘라 버린다."

우리의 관계 역시 그러하지 않을까? 그냥 놔두면 금방 오그라

들어 볼품이 없어지는 망토 같은 것이다. 우리는 지금 무엇으로 관계를 덧대고 있는가? 인화의 마음 그리고 고귀함의 태도가 답이 될 것이다.

이간질을 하는 사람도
당하는 사람도 모두 문제다

지옥 편에 '베르트랑'이라는 프랑스의 영주가 등장한다. 그는 자기가 모시던 왕의 장남을 꼬여 아버지를 배반하게 했다. 사람들을 이간시킨 자, 지옥에 간다. 그런 베르트랑을 단테가 만났다. 베르트랑의 몰골은 서글펐다.

"머리가 잘린 몸통 하나가 다른 온전한 몸을 지닌 슬픈 무리와 함께 태연히 가고 있는 그 모습이 아직도 눈에 선하다. 그자는 자신의 잘린 머리를 마치 등불처럼 양손으로 받쳐 들고 있었다."

지옥에 온 사유를 알 리 없는 단테가 묻는다.

"어떻게 이렇게 된 것이냐?"

베르트랑이 대답했다.

"서로 굳게 믿는 자들을 내가 갈라놓았으니…. 아, 불쌍한 신세로다! 나의 머리를 몸뚱어리에서 떼어 내 이렇게 들고 다니게 되었다."

《지옥 편, 제28곡》

좋은 인간관계를 맺기 위해 우리는 먼저 상대의 생각과 감정을 존중하고 이해해야 한다. 하지만 이런 좋은 관계를 맺고자 하는 우리의 의지를 비웃듯 이간질하고 분열을 조장하는 사람들이 있다. 우선 이런 사람들의 말에 쉽게 현혹당하는 자신을 반성해야 한다. 두 번째로 분열을 먼저 말하는 사람이 있다면 그와 당장 관계를 끊어야 한다.

우리는 좋은 관계를 맺기 위해서 상대의 생각과 감정을 존중해야 함을 배웠다. 상대가 어떤 생각을 가졌고, 어떤 감정을 지니고 있는지를 이해해야 한다. 하지만 인간관계는 나와 상대방 양방향만은 아니다. 얼마든지 제삼자가 개입될 수 있는 개방적 체제다. 그래서 나와 누군가의 사이에서 분열을 조장하는 사람을 조심해야 한다.

관계를 아름답게 만드는 건 고귀한 일이다. 그 자체가 인화다. 하지만 생각보다 이런 태도를 갖추는 게 쉽지만은 않다. 그렇다고 해서 인화를 포기할 수는 없다. 늘 인화의 개념을 머릿속에 두고 있어야 한다. 그리고 한 가지 더 기억할 게 있다. 이간질에 당하지도 말자는 것이다. 이간질당해 주변의 사랑하는 사람들과 멀어지는 건 또 그 자체로 죄이기 때문이다. 우둔함이라는 죄.

인생에 두 번째 기회는 없다. 단 한 번의 기회만이 있을 뿐이다. 그러하기에 어둠이 무엇인지 알아차릴 수 있어야 하며, 만약 어둠이 있다면 그곳에서 빠져나올 줄도 알아야 한다. 이간질이라는 유혹이 우리에게 다가왔을 때 그 잘못된 유혹을 거부할 줄 아는 건 단테가 우리에게 갖추기를 요구하는 또 하나의 삶의 지혜다.

20

우리가 가져야 할 유일한 욕구는
진실을 향한 마음이다

"나는 항상 있던 대로 있을 뿐이다."

《천국 편, 제12곡》

다른 나라 범죄 건수 1위는 절도인데 우리나라는 1위가 사기란
다. 눈 시퍼렇게 뜨고 있는 젊은 사람들도 사기를 많이 당하지만,
노인들이 사기의 대상이 되기가 쉽다.

이상하다. 사람들은 보통 나이가 들면 사람 보는 안목이 생겨
관상이나 말투만으로도 상대방을 어느 정도 평가하고 판단할 줄
안다고 생각한다. 그런데 왜 사기를 당하거나 새로운 악연을 피하
지 못할까?

첫째로, 고정 관념이다.

우리는 그동안 겪은 수많은 경험과 사람을 통해 사람을 판단한다. 악연이었던 사람과 비슷한 분위기의 사람을 만나면 처음부터 경계한다. 문제는 오히려 좋은 감정을 가졌던 부류의 사람을 만날 경우다. 경계가 느슨해진다. 가까워지려다가 당한다. 첫인상의 노예가 되지 말아야 할 이유다.

둘째로, 외로움이다.

자식들이 각자 생활로 바빠 자주 만나지 못한다. 몸이 힘들어 친구들을 만나는 횟수가 줄어든다. 그러니 섭섭한 마음이 생긴다. 그런 때 친절하게 잘해 주는 사람이 나타나면? 원래 사기꾼들은 친절하고 간이라도 빼 줄 것처럼 혼을 빼놓는다. 마음먹고 노리는 데는 방법이 없다. 외로움에 심지어는 알면서도 당해 주기도 한다는데, 이것은 논외로 하자.

셋째로, 알면서도 속아 준다.

꿔 주면 못 받을 돈이라는 것을 알면서도 너그럽게 꿔주는 것이다. 돌려주면 다행이지만 아닌 경우에도 그 돈이 돈을 꿔 간 사람에게 도움이 될 걸 알기 때문이다. 슬픈 일이다. 이런 심성을 노리는 사기꾼이나 과대광고 판매업자를 피하지 못하는 경우가 이러한 까닭이다.

'어떻게 그런 사기를 당하느냐?'고 말들을 한다. 하지만 당하지 않은 사람은 모른다. 마음먹고 달려드는 사람 앞에선 경험도, 지식도 그리고 학력도 모두 소용없다. 특히 인생행로의 한복판에 서서 어디로 가야 좋을지 모를 때 당하기 쉽다. 눈 뜨고 코 베이는 세상이 아니라 눈을 떠서 코를 베이는 무시무시한 세상이다.

펄펄 끓는
역청 냄새로 가득한 지옥

역청 냄새로 자욱한 곳이 있었다. 펄펄 끓는 아스팔트로 가득한 곳이다. 그곳에 또 죄인들이 있었다. 단테는 역청 속에서 어쩔 줄 모르는 자들의 모습을 이렇게 묘사했다.

"내 관심은 오로지 역청에만 쏠려 있었는데 구렁 안에서 불에 타는 자들의 온갖 모습들을 보고 싶었기 때문이다. 고통을 줄이려고 죄인 중 어떤 자는 등을 내보이다가 번개처럼 다시 역청 속에 숨어들었다. 돌고래들이 활 모양의 등으로 뱃사람에게 신호를 보내 저들의 배를 구하게 하려는 것처럼 보였다."

《지옥 편, 제22곡》

부글부글 끓는 거품 속의 역청에 갇힌 죄인들은 도대체 누구였을까? 단테의 의문점은 한 죄인의 대답으로 풀렸다.

"나는 나바라 왕국에서 태어났소. 아버지는 재물을 방탕하게 낭비하고 자살했는데 그러자 어머니는 나를 어떤 귀족의 하인으로 보냈소. 그러다 자비로운 테오발도 왕의 신하가 되었는데, 거기서 왕궁의 재산 관리인으로서 비열한 방법으로 재산을 축적했기에 이 뜨거운 곳에 있게 되었소."

죄명은 사기였다. 혹은 횡령 또는 배임.

우월감으로 가득한
사기꾼을 어떻게 벌해야 할까

단테의 시대에도 그랬겠지만, 이제는 돈이 없으면 숨이 막히는 세상이 되었다. 이런 세상에 타인을 속여 그 타인의 돈을 앗아가는 행위는 거칠다. 잔인한 폭력 그 이상이다. 최근 이런 사기 행위는 어린 학생들에게까지 아무런 죄책감 없이 받아들여지고 있다.

우리 집에서도 일이 있었다. 막내가 좋아하는 가수의 공연 티켓을 구매하려다가 같은 또래에 사기를 당했다. 아이는 이 일로 스트레스를 받아 며칠간 잠을 못 잤다. 세상에 대해 그토록 증오를 보이는 모습을 본 것도 처음이었다. 사기란 건, 그래서 참으로

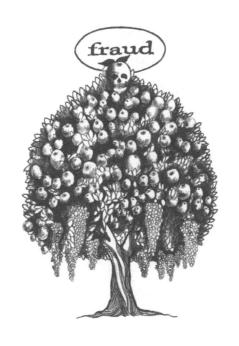

인간만이 가질 수 있는 이성과 지식을 이용한 사기는
인간임을 적극적으로 포기하는 행위다.

악한 범죄다. 단순히 누군가의 돈을 앗아간 걸로 끝나지 않는다. 돈을 사기당한 사람은 자신을 탓한다. 당한 사람이 오히려 자신의 어리석음을 탓하면서 스스로 자존감을 무너뜨리는 것이다. 남의 돈을 함부로 하는 사람들을 어떻게 해서든지 최악의 형벌로 다스렸으면 하는 게 개인적인 생각이다.

자본주의 사회에서 사기꾼들은 마치 어둠 속에 숨어 있는 맹수와 같다. 그들은 교활하게 접근하여 순진한 사람들의 믿음을 이용하고 그들의 돈을 가로챈다. 사기꾼들은 자신이 저지른 범죄가 피해자들에게 얼마나 큰 고통을 주는지 알고 있을까? 아마도 그들은 알면서도 모른 척하거나 알려고 하지 않을 것이다.

사기 피해자들은 단순히 돈을 잃은 것이 아니다. 그들은 믿음과 희망을 잃었고 세상을 불신하게 되었다. 어떤 이들은 평생 모은 돈을 한순간에 잃고 절망에 빠지기도 한다. 가족들에게 고통을 주고 인생의 방향을 잃게 만든다. 사기꾼들이 남긴 상처는 깊고 오래 지속된다.

그렇다면 이런 사기꾼들을 어떻게 벌해야 할까? 단순히 감옥에 가두는 것으로는 부족하다. 그들이 저지른 죄에 걸맞은 벌을 받아야 한다. 먼저 그들이 가로챈 돈을 모두 피해자들에게 돌려주어야 한다. 그것으로 끝내면 안 된다. 그들은 피해자들에게 진심으로 사죄하고, 용서를 구해야 한다.

더 나아가 사기꾼들은 자신들이 저지른 잘못을 깨닫고 반성할 수 있는 기회를 가져야 한다. 피해자들이 겪은 고통을 간접적으로나마 경험하게 하여 진정한 참회의 기회를 주어야 한다. 그들이 다시는 같은 잘못을 반복하지 않도록 올바른 길로 갈 수 있게 도와주어야 할 것이다.

하지만 단테에 따르면 사기꾼들은 세상에서 잘못을 저질렀음에도 지옥에 가서도 반성할 줄 몰랐다. 지옥 편에 나오는 사기꾼들 역시 그랬다. 역청 끓는 지옥에서도 끝까지 뻔뻔했다.

"술책이란 술책은 다 갖고 있던 그가 말을 받았다. '나야 무척 간교하지. 특히 동료들에게 숨 막히는 고통을 준비할 때는 더 그렇고!'"

사기를 치는 사람들은 일종의 지적 우월감을 가진 듯하다. 사기를 당한 사람을 향해 숨 막히는 고통을 줄 준비를 할 때 자신의 간교함이 극에 달했다고 자랑하다니 말이다. 술책이란 술책을 다 가졌기에 상대방의 상황과는 무관하게 자신이 아무렇게나 해도 된다는 마음, 공동체를 살아가는 사람이 가져서는 절대 안 된다. 하지만 그들이 과연 늘 평화로울까? 천만의 말씀이다.

"나는 항상 있던 대로 있다."

《천국 편, 제12곡》

그들이 행한 것, 즉 타인의 마음을 펄펄 끓게 한 사기를 쳤던 그들은 결국 그보다 더 펄펄 끓어 고통에 몸부림쳐야 하는 아스팔트 밑에 이르게 된다. 오늘을 살아가는 이 세상의 사기꾼들은 과연 역청 가득한 곳에서 최악의 고통을 맛보게 될 것을 알까?

우리도 역시 깨달아야 한다. 과거의 내가 지금의 나를 만든 것처럼 결국 지금의 나 역시 미래의 나를 미리 보여 주는 척도라는 사실 말이다. 누군가의 돈을 함부로 빼앗아 자기 마음대로 쓴 사람들, 그들의 미래는 끓는 역청 속에서의 고통 그 자체일 것이다. 이를 통해 우리 역시 잘못된 길에서 벗어나 올바른 길을 늘 고민하고 또 걸어가야 한다.

21

배신은 타고난 사랑과
특별한 믿음을 파괴하는 극악이다

"한 것이 아니라 하지 않은 것 때문에 당신이 찾고 있는 태양을 볼
수 없게 되었소."

《연옥 편, 제7곡》

이런 기사를 봤다.

경북 김천경찰서는 29일 70대 부모와 40대 아내 등을 둔기로 때
려 다치게 한 혐의(존속 살인 미수)로 40대 A 씨를 검거했다. A 씨
는 추석 당일인 이날 오전 0시 47분께 경북 김천시 남면 한 주택
에서 70대 부모와 40대 아내 등 3명에게 여러 차례 둔기를 휘둘러

다치게 한 혐의를 받고 있다. 이들 3명은 병원에서 치료받고 있으
며 생명에는 지장이 없는 상태다. 경찰은 피해자들의 신고를 받고
출동해 A 씨를 체포했다.

〈노컷뉴스〉, 2023년 9월 23일

배신을 두고 단테는 '자신을 만들어 준 자에게 대드는 것'이라
고 말했다.

"그는 전에 아름다웠던 만큼이나 지금은 추했는데 자기를 만든
분에게 눈썹을 치켜세웠으니 모든 악과 고통은 분명 그놈에게서
비롯된 것이다."

《지옥 편, 제34곡》

기사에 나온 것처럼 배신 중에서도 최악의 배신은 자기를 낳아
서 길러 준 부모에 대한 배신이다. 이러한 배신은 지옥에서도 그
대가를 크게 치를 터, 부모에게 '눈썹을 치켜세운' 딱 그만큼의 추
한 모습으로 남아서 지옥 중에서도 가장 밑바닥에 있는 '코키토스
호수'에 이른다. 그곳에서 그들은 자신을 믿어 주고 만들어 준 부
모를 배신한, 사랑과 믿음을 깨뜨린 죄의 벌을 받는다.

어떤 벌을 받을까? 일단 차가운 얼음 속에 갇힌다. 움직여 봐야
물이 튀어 몸에 얼음만 붙을 뿐이다. 후회와 서러움에 눈물을 흘리

나 오히려 그 눈물은 얼음이 되어 눈가에 붙어서 고통을 일으킨다.

배신은
마음에 가하는 폭력이다

배반과 배신은 오직 사람이란 존재만이 하는 행위라는 게 단테의 말이다.

"배반은 사람에게만 있는 악덕이기에 하느님이 더욱 싫어하신다. 그렇기에 사기꾼들은 지옥 중에서도 가장 낮은 곳에서 더욱 큰 고통을 당한다."

《지옥 편, 제11곡》

배신이 중한 죄의 이유가 되는 건 신뢰를 무너뜨리기 때문이다. 사회란 서로를 믿고 살아가는 게 전제되어야 한다. 배신이 일상인 곳이라면 그런 데에서 믿음이란 존재하지 않으며 오직 의심만 남을 것이다. 신뢰가 없는 세상? 의심만 가득한 세상? 배신과 의심이 이어지는 악순환 그 자체의 사회? 그 자체로 지옥이다.

배신해서라도 자기 눈앞의 이익을 취하는 것을 두고 단테는 이를 불의 중의 불의라고 말한다. 악덕 중에서도 악덕이라는 것인데 이는 누군가를 폭력으로 해치는 것이나 마찬가지다. 폭력이 몸을 해치는 것이라면 배신은 마음을 해치는 폭력이다.

"불의는 하늘의 증오를 사는 모든 악덕의 끝이다. 불의의 목적은 다른 사람을 폭력과 배반으로 해치는 것이다."

《지옥 편, 제11곡》

타인이 나를
믿게 하는 것도 죄가 된다

단테는 배신이란 사람만이 행하는 것이라고 했는데, 실제로는 그렇지는 않다는 이야기를 보았다. 동물 사회에서도 배신이란 행태가 관찰된다. 소나 말의 피를 빨아 먹고 사는 흡혈박쥐가 있다. 이들은 협조적인 공동체를 이루며 산다. 사냥에 성공한 성인 흡혈박쥐들은 어린 흡혈박쥐에게 피를 나눠 주는데, 자기 자식에게만이 아니라 남의 자식에게도 자기가 얻은 피를 나눈다.

가끔은 성인 흡혈박쥐가 나눠 주는 피를 혼자 다 먹으려는 어린 흡혈박쥐가 나타난다고 한다. 공동체에 대한 배신인 셈이다. 이때 흡혈박쥐 공동체는 현명하다. 어린 배신자 흡혈박쥐를 따돌려 버리는 것이다. 먹이를 주지 않고 굶겨서 죽인다. 이렇게 강력히 응징해야 배신자 박쥐의 추가 출몰을 막을 수 있고 그래야 공동체가 생존할 수 있기 때문이다.

이렇게 보면 흡혈박쥐가 인간보다 지혜롭다는 생각이 든다. 우리는 배신하는 사람을 두고 특별히 응징하는 방법을 모르는 듯하다. 개인화된 세상이 되어 버렸기에 더욱 그러한 것 같다. 하지만 자신을 믿는 사람의 신뢰를 저버리는 배신은 사랑에 대한 파괴와도 같기에 그냥 두고만 봐서는 안 될 일이다. 단테도 이를 중히 여겼다.

"자기를 믿는 사람을 배반하는 일은 모든 양심을 해치는 것인데 이는 사랑을 파괴하는 극악과도 같다. 지옥 맨 밑바닥에 배신자들이 몰려 있는 이유다."

《지옥 편, 제11곡》

그런데 갑자기 의문이 생겼다. 무작정 나를 믿는 사람들이 있다면 어떻게 해야 할까? 상대방이 나를 믿는 게 부담이 되거나 싫은 경우도 분명히 생길 텐데 말이다. 이런 의문에는 이렇게 답할 수 있을 것 같다.

첫째, 애초에 믿지 말라고 말할 것
둘째, 그럼에도 믿을 때 믿으면 안 된다고 반드시 말할 것

연옥 편에 나오는 이야기를 들어 보도록 하자.

"한 것이 아니라 하지 않은 것 때문에 당신이 찾고 있는 태양을 볼 수 없게 되었소."

《연옥 편, 제7곡》

누군가가 나를 믿고 있다. 나는 그가 나를 믿게 할 자신은 없지만 가만히 있었다. 이것은 죄다. 믿도록 하는 것만큼이나 문제가 되는 건 믿지 말라고 말하지 않은 것이다. 누군가에게 배신자로 낙인찍힐 바에는 애초에 그 상대방에게 '나는 믿을 만한 사람이 아니오!'라는 말을 하는 것, 그게 나와 상대방 모두를 위한 최소한의 예의다. 하지 않으면? 단테에 의하면 이것 역시 죄다.

22

잘못된 격정에 휘말리면
복수에 열정을 쏟아붓는다

"축복받기 위해서는 사랑의 행위보다 바라보는 행위가 먼저다. 첫
번째로 하느님을 바라보는 것이며, 하느님에 대한 사랑은 그 뒤에
나타난다."

《천국 편, 제28곡》

"한 구멍에서 얼어붙은 두 명의 사람을 보았다. 한 사람의 머리
가 다른 사람의 모자처럼 보였다. 위에 있는 자가 마치 배가 고파
빵을 게걸스레 씹어 먹는 것처럼 밑에 있는 자의 머리와 목이 맞
붙는 곳을 쉴 새 없이 이빨로 깨물고 있었다.

《지옥 편, 제32곡》

다음 이야기에서 뜯어 먹는 자는 '우골리노 백작'이었고 뜯어 먹히는 자는 '루지에르 대주교'였다. 읽기만 해도 소름끼치는 장면이다. 도대체 무슨 사연일까? 우골리노 백작은 도시 국가 피사를 누가 장악하느냐의 권력 다툼에서 루지에르 대주교의 배신으로 인해 국가에 해가 되었다는 죄명을 얻는다. 결국 아들 및 손자들과 함께 투옥된다. 그리고 모두 굶어 죽는다. 그런데 그 과정이 처참하다.

먼저 아들과 손자들이 차례로 굶주려 죽는다. 우골리노는 아들과 손자들이 죽는 모습에 충격을 받아 눈이 먼다. 하지만 배고픔은 어쩔 수 없었다. 아들과 손자들의 시체를 먹어 치운다. 우골리노 백작은 국가를 배신했다는 죄명으로, 루지에르 대주교는 우골리노 백작을 배신했다는 죄명으로 지옥에 떨어졌다. 우골리노 백작은 루지에르 대주교를 만났다. 그리고 뜯어 먹었다.

우골리노 백작의
배신과 복수 이야기

우골리노 백작의 이야기를 자세히 들어 본다.

"새벽녘에 잠이 깼다. 함께 갇혀 있던 자식과 손자들이 잠결에 울면서 빵을 달라고 했다. (중략) 괴로운 마음에 나는 손을 물어뜯었다. 그러자 허기를 참지 못해 그러는 줄로 생각하고 자식들이 말했다. '아버지, 저희를 잡수시는 것이 우리에게 덜 고통스럽겠습니다. 아버지가 육신을 주셨으니 이제 거두어 주십시오.'"

《지옥 편, 제33곡》

누군가의 아버지, 누군가의 할아버지가 있다. 모두 같은 감옥으로 갇혔다. 감옥에서는 밥도 제대로 주지 않았다. 처음엔 서로 참고 견뎠다. 어느 날 자신의 처지가 너무나 힘들었던 아버지이자 할아버지였던 사람이 무심코 자기 손을 물어뜯고 있었다. 이를 본 아들이 자신을 보고 '아버지가 배고프시구나!'라고 생각하곤 자기들을 먹으라는 이야기였다.

절대 효라고 부를 수 없는 민망한 광경이다. 이쯤에서 끝났으면 해피엔딩 느낌이라도 났을 것 같다. 이미 살아생전 세상을 향해 배신이라는 죄를 지은 사람에게 단테는 자비를 베풀지 않았다. 더 최악의 상황을 제시한다. 아이들은 먼저 죽고 이를 본 아버지이자 할아버지는 참척의 고통으로 눈이 멀어 결국 배고픔에….

"눈이 먼 나는 그들의 몸을 하나씩 더듬었다. 아이들이 죽은 뒤이틀 동안 이름을 불렀는데…. 고통보다도 배고픔을 참을 수가 없었다."

《지옥 편, 제33곡》

예전엔 그랬다. 스포츠에서 한국과 일본의 국가 대표 경기가 열리는 경우 아무리 우리의 실력이 뒤떨어진다고 해도 지기만 하면 '정신력이 부족했다'고 힐난했다. 하지만 이제 우리는 안다. 실력이 정신력을 이긴다는 것을. 마찬가지다. 정신적 고통보다 육체적 배고픔이 먼저다. 사람이 어떤 존재인가를 우리 스스로 되돌아보게 하는 장면이다.

복수는 다시
고통을 불러올 뿐이다

인간의 역사는 배신의 역사다. 친구가 친구를 배신하고, 아들이 아버지를 배신하며, 누나가 동생을 배신한다. 단테는 그러한 배신과 배신의 역사 한가운데에서 살았던 인물이다. 배신은 권력의 속성이라고 하지만 비단 권력뿐만이 아니다. 우리 주변에서 이해득실에 따른 인간의 배신은 비일비재하다.

우골리노 백작의 이야기 역시 비슷하다. 우골리노는 세상에서 배신을 일삼다 배신에 휘말려 지옥에 왔다. 하지만 지옥에서조차 그는 배신한다. 자기의 아들과 손자를 먹은 것이다. 세상에 자기를 뜯어 먹는 아버지 혹은 할아버지를 상상할 아들과 손자가 도대체 어디에 있겠는가. 배신과 배신의 역사로 점철된 정치와 권력 투쟁의 무상함을 단테는 인간의 잔혹성을 통해 이야기한다.

복수심을 잠재울 수 있는 유일한 감정은 사랑이다.
사랑으로 얻을 수 있는 소중한 것들을 불필요한 감정으로 잃지 말자.

그래도 뭔가 부족한 게 있다. 도대체 왜 우골리노 백작은 지옥에 떨어지게 된 걸까? 배신해서? 오직 배신했다는 이유 하나만으로? 아니다. 우골리노 백작의 복수에 대한 마음가짐, 즉 복수심이 그를 지옥으로 가게 했다. 복수심을 지닌 것 자체가 지옥에 떨어질 만한 죄였다.

과거의 복수가 현재, 즉 지옥에서의 고통으로 이어진 것이다. 실제로 지옥에서까지 우골리노 백작은 복수하겠다는 마음을 떨쳐내지 못했다. 오히려 복수심을 불태웠고 실제로 복수를 하고 있었다. 하지만 단테가 보기엔 이는 올바른 행위가 아니었다. 현재의 복수는 다시 미래의 고통으로 이어지게 되기 때문이다. 단테에 의하면 복수를 마음에 품는 것만으로도 죄가 된다.

단테는 비극을 통해 삶을 성찰하며 역경을 통해 성장하는 장치를 신곡 전반에 심어 두었다. 특히 우리의 인생이 최정점에 있을 때 조심하라고 끊임없이 조언한다. 한 번의 실수로 길을 잃고 어두운 숲에서 헤매지 않도록 예방 주사 같은 이야기를 한다. 우리의 인생길에서 옳은 방향으로 가기 위해 신곡의 이야기들은 큰 도움을 준다.

복수에 관한 우골리노 백작의 이야기도 마찬가지다. 불필요한 복수심에 불타 자신의 마음을 엉망으로 만들지 말라는 화두와도 같다. 단테는 복수심은 접어 두고 사랑을 하라고 말한다. 구체적으로 사랑하는 방법도 알려 준다. 차분하게 상대방을 바라보라는 조언이었다.

"축복받기 위한 첫 번째 조건은 하느님을 바라보는 것이며, 하느님에 대한 사랑은 그 뒤에 나타난다."

사랑한다고 모두 천국을 가는 것이 아니다. 사랑하지 않는다고 모두 지옥을 가는 것 역시 아니다. 하지만 최소한 볼 줄은 알아야 한다. 내가 지금 어느 길을 가고 있는지, 그것이 옳은 길인지, 스스로 찾아낸 인생의 지혜를 통해 내 인생의 기준으로 삼아야 한다. 그 기준을 일상에서 늘 바라볼 줄만 알아도 사랑은 저절로 뒤따라온다.

복수심, 힘들겠지만 어떻게 해서든지 내려 두자. 그렇다고 바로 복수하려고 했던 상대방을 사랑하라는 것이 아니다. 단지 상대방을 차분하게 바라볼 줄 아는 것만이라도 해 보자는 것, 이것이 단테가 우리를 향해 말하고 싶었던 이야기다.

23

속임수는 내가 아닌
우리를 황폐하게 만든다

"너는 거짓말을 했지. 하지만 너는 돈을 위조했어! 나는 거짓말 때문에 지옥에 왔지만, 넌 나보다 더한, 아니 다른 그 어떤 악마보다도 더 나쁜 놈이야!"

《지옥 편, 제30곡》

서울 한복판에 짝퉁 시장이 있다? 그렇다.

서울 동대문 ○○시장(일명 노란 천막)에서 명품 브랜드 위조 상품을 판매한 상인 6명이 단속에 적발돼 입건됐다. 3일 서울 중구에 따르면 '○○시장 위조 상품 수사 협의체'는 지난 16일 ○○

시장에서 합동 단속을 시행하고 명품 브랜드 위조 상품 854점을 압수했다. (중략) ○○시장은 동대문역사문화공원역 앞에 있는 100여 개의 노란 천막으로, 오후 8시부터 다음 날 오전 3시까지 운영된다. 국내외 관광객들에게 짝퉁 시장으로 알려져 있다.

〈조선일보〉, 2024년 4월 3일

이웃 나라인 중국이나 저 멀리 동남아에나 있다는 짝퉁 시장이 서울에 버젓이 운영되고 있었다는 점이 놀랍다. 더욱이 그곳에 외국인이 몰리고 있었다고 하니 괜히 부끄러울 정도다. 사람들은 짝퉁을 좋아하는 사람이 지옥에 간다는 걸 알고 있을까? 가짜로 살아서도 안 되지만, 가짜에 휘둘려서도 곤란하다.

살아생전 위조한 자들이 받은 벌

한 지옥에 다다른 단테는 서로를 물어뜯으며 싸우는 두 명의 비쩍 마른 망령을 보게 된다. 그리곤 도대체 왜들 이러는지를 물었다. 그들이 답했다.

"이 여자는 다른 사람의 모습으로 변장하여 대담하게도 자기 아버지와 함께 죄를 지었소. 저기 가는 저놈과 마찬가지였지요.

저놈은 가축 중 최고의 암컷을 얻기 위해 자신이 부오소 도나티인 것처럼 변장하여 유언했고 정식 유언장처럼 꾸미기까지 했소."

《지옥 편, 제30곡》

이야기는 간단하다. 하지만 눈에 들어오는 단어 몇 개가 보인다. 변장, 변조…. 진짜가 아닌 것을 진짜처럼 바꿨던 사람들은 결국 지옥에 떨어져 서로를 물어뜯게 된다. 단테는 '있는 그대로의 모습을 거짓되게 만드는 것'을 싫어했다.

변장, 변조 그리고 비슷하게 싫어했던 것으로는 위조가 있었다. 살아생전 위조 화폐를 만들던 사람이 지옥에 떨어져 받게 되는 죄를 본 단테의 묘사다.

"가랑이 아래가 나머지 몸뚱이에서 완전히 잘려 나간 듯 보였다. 두 팔과 두 다리가 기괴하게 뒤틀려 있었다. 얼굴은 부어오른 몸에 너무나도 어울리지 않았다. 두 입술은 벌어져 있었는데 그 모습이 갈증에 시달리는 결핵 환자가 입술 하나는 턱 쪽으로 다른 하나는 위쪽으로 쳐든 것만 같았다."

《지옥 편, 제30곡》

그 죄인은 이렇게 한탄했다.

"나는 살았을 때는 원하던 것을 모두 가졌지만, 지금은 이렇게 물 한 방울을 갈망하고 있소."

《지옥 편, 제30곡》

돈으로
해결할 수 없는 것들

위조 화폐를 만들어 썼으니 살아서는 돈이 충분했을 것이다. 하지만 지옥에서는 물 한 방울 마시지 못해 기괴한 모습으로 하늘을 향해 입을 벌리고 있다. 우리 주위에는 살아 있으면서도, 이미 원하는 것을 다 가졌음에도 끝없이 무엇인가를 갈망하는 자들이 많다. 뛰어난 외모, 막대한 부, 명예, 탄탄한 인맥, 우수한 능력을 보유했으나 여전히 삶에 대한 부정적 인식으로 가득한 사람들이다.

그들은 불행하다. 돈만으로 해결되지 않는 것들이 우리 인생에 많기 때문이다. 목표 의식의 상실, 겉으로 완벽해 보이지만 타인에게 진실을 밝힐 수 없는 외로움, 타인의 질시, 진정한 사랑의 부재 등이 그들이 불행한 이유일 것이다. 이들을 단테가 말한 것으로 응용해 본다면 원하는 것을 원 없이 가졌지만, 당장 물 한 방울조차 갈망하는 자들일 뿐이다.

하지만 여전히 변장, 변조, 그리고 위조 등 단테가 수백 년 전에 이미 경계했던 것들이 오늘날 우리 주위에 가득하다. 특히 가짜가 문제다. 가짜 뉴스, 가짜 정보 등은 지금 이 순간에도 누군가를 고통으로 내몰고 있으며, 익명성으로 희미해진 인터넷 이용자들에 의해 이 같은 악은 아무런 제지 없이 퍼져 나가고 있다.

특히 정치 분야에서의 가짜 뉴스는 심각하다. 유튜브는 사용자들을 정치적으로 양극화시키는 폐해를 가져오는데, 이때 가짜 뉴스가 큰 역할을 한다. 한국 사회 내 이념적 또는 정서적 양극화를 부추기는 기제로서 기능하고 있다. 유튜브를 시청하는 건 개인이지만, 그 폐해는 개인을 넘어 주변으로, 사회로, 그리고 국가로 확대된다.

세상에 잘못된 정보를 퍼뜨리는 사람들에게 단테의 신곡 이야기를 전해 주고 싶다. 변장, 변조, 그리고 위조하면서 세상을 흐리게 만드는 이들이 어떻게 되는지를. 당장은 원하는 돈이나 인기를 얻게 될지 모르나 언젠가, 아니 곧 그들은 물 한 방울도 제대로 마시지 못하는 최악의 갈증에 시달리게 될 것이다.

24

마음에 비치는
그대로를 사랑하라

"철학은 그걸 공부하려는 사람에게 단 하나만 가르치지 않는다."

《지옥 편, 제11곡》

베르길리우스와 단테가 잠시 휴식을 취하고 있었다. 베르길리우스가 문득 단테에게 반드시 피해야 할 인간의 성품에 대해 말한다.

"아리스토텔레스의 《윤리학》에서 하늘이 원치 않는 세 가지를 밝혔다. '부절제'와 '악덕', '거친 수심(獸心)'이 그것이다. 이 세 가지를 잊었는가. 그리고 부절제보다 다른 두 가지가 하느님을 더 크게 배반하고 하느님의 질책을 더 받는다는 걸 모르는가."

《지옥 편, 제11곡》

첫째, 부절제

둘째, 악덕

셋째, 거친 수심

우리가 피해야 할 이 세 가지 성품 중에서도 나름의 우열이 있다. 부절제보다 악덕과 수심이 훨씬 좋지 않은 악덕이다. 악덕은 '불의(不義)'가 된다. 인간답지 못한, 즉 짐승 같은 마음은 자연스럽지 못하다. 부절제는 개인의 영역이지만 악덕과 거친 수심은 타인과 관련되기에 더 나쁘다고 단테는 생각했다.

하늘이
원하지 않는 세 가지

하늘이 원하지 않는 첫 번째는 부절제다.

'의욕을 이기지 못하여서 알맞게 조절하지 못함'을 뜻한다. 단테는 이 부절제를 인간이 피해야 할 성품이라고 말하지만 그나마 용서가 가능한 죄라고 이야기한다. 부절제란 악의에서 나온 것이라기보다는 인간 특유의 약함이나 격정에서 나왔기 때문이다.

하늘이 원하지 않는 두 번째는 악덕이다.

'도덕에 어긋나는 나쁜 마음이나 나쁜 짓'을 말한다. 우리는 있어서는 안 되는 일이 누군가의 말이나 행동으로 벌어졌을 때 악덕이란 단어를 떠올린다.

"전세금 상습 떼먹은 악덕 임대인 17명 명단 공개"
"임금 체불, 범죄 행위… 악덕 업주 엄단"
"빚 때문에 강제 성매매 시작… 악덕 업주 처벌법안 국회 제출"
"장애인 16년 부리고 돈 안 준 악덕 사장… 국민연금까지 뺏었다."

언론 기사의 제목이다. 다른 사람의 약함 혹은 무지를 이용하여 그 다른 사람의 노력을 함부로 탐하는 자들은 단테가 말하는 지옥에 가야 할 1순위 인간들이다.

하늘이 원하지 않는 세 번째는 거친 성품이다.

'거친 수심, 즉 길들여지지 않은 짐승과도 같은 성질'을 말한다. 사실 우리는 수심이라는 말 대신에 '인면수심(人面獸心)'이라는 말을 흔하게 쓴다. 인면수심이란 '사람의 얼굴을 하였으나 마음은 짐승과 같다는 뜻'으로 사람의 도리를 지키지 못하고 배은망덕하거나 행동이 흉악하고 음탕한 사람을 일컬으며, 언론에서는 이런 경우에 사용된다.

"한 달 새 미성년자 4명 성폭행… 휴대폰도 빼앗은 인면수심"

"연이자 20,000%… 돈 못 갚으면 나체 사진 뿌린 인면수심 대부
업자들"

"피임약 먹이고 친모 앞서 7년간 성폭행한 인면수심 계부"

인면수심이란 말은 원래 중국 고전인 《한서(漢書)》의 〈흉노전〉
에 나온 말이다. 한서를 지은 반고가 "오랑캐들은 머리를 풀어 헤
치고 옷깃을 왼쪽으로 여미며, 사람의 얼굴을 하였으되 마음은 짐
승과 같다"라고 표현한 데서 유래했다. 옷을 입고 관을 썼지만 하
는 짓은 짐승과 같다는 것이다.

부절제, 악덕, 그리고 거칠고 야만적인 짐승의 마음. 우리는 이
세 가지에서 자유로운가? 우리의 일상에서 늘 관찰하고 조심해야
할 것이다.

순리에 맞게
살아야 하는 이유

단테는 '자연' 그리고 '자연스러움'을 사랑했던 것 같다. 세상의
이치에 대한 이해와 수용이 삶을 잘 살아가는 것이라고 믿었기 때
문이다. 그래서일까? 그는 자연스럽지 않음의 사례 중 하나로 고

나약하고 무지한 인간이 세상을 올바르게 살아가기 위해서는
늘 배움을 가까이하는 방법밖에는 없다.

리대금업을 이야기한다. 지금 한국의 사례로 말하면 불법사채업 정도가 아닐까? 물론 단테의 시대로 적용해 엄격하게 해석한다면 현재 제1금융권도 모두 포함할 것이다.

"인간은 자연, 그리고 자연을 뒤따르는 기술로 삶을 영위하고 번영시켜야 한다. 그런데 고리대금업자는 이를 무시하고 다른 길을 걷는다. 자연과 그 자연을 따르는 기술을 경멸하고 엉뚱한 곳에 희망을 거는 짓이다."

《지옥 편, 제11곡》

고리대금업에 대한 단테의 혐오는 자연스럽지 않음이라는 점에 있다. 고리대금업의 역사는 인류의 역사와 함께한다는 말이 있다. 성경에도 고리대금업자가 등장한 것만 봐도 인간의 경제 활동이 시작된 이래 무엇인가를 빌려주고 그에 대한 대가를 요구하는 고리대금업이 존재했다. 물론 '공짜 점심은 없다'라는 경제 활동의 기본적인 원리가 실천된 셈이 아니냐면서 반문할 수도 있다.

하지만 단테에게는 경제적 약자의 힘든 점을 악용하여 과도한 이익을 취하는 고리대금업자는 지옥에 가야 할 존재들이다. 돈이 필요한 절박한 사람에게 돈을 빌려준 대가로 받는 이자는 불로소득인데 여기에 고금리까지 받는 것은 용서할 수 없다고 생각했을 것이다. 삶이 고달플수록 사람이 우선되어야 하는데 이윤을 최우선으로 생각하기에 벌어지는 일이 있어서는 안 된다.

단테는 세상 어떤 것을 보더라도 자연스러움이 우선이었다. 단테는 자연스러움이야말로 인간이 찾아가야 할 진리이며 이 진리를 찾는 과정에서 우리는 티끌보다도 겸손해야 함을 알고 있었다. 단순히 지금 내가 편해지겠다고 상대방의 미래를 함부로 피폐하게 하는 고리대금 행위는 지옥에 떨어져야 하는 죄악인 셈이다.

우리는 나약한 인간이다. 아는 것도 많지 않다. 그러니 세상을 살아가는 완벽하고 올바른 방법을 모두 알지는 못한다. 하지만 이때 무지를 숨기는 것은 오히려 무지를 늘리는 일이다. 오히려 무지를 정직하게 고백하면 무지가 줄어들 수 있는 희망의 기반이 마련된다. 그래서 배워야 한다.

우리는 단테의 신곡을 통해 '삶의 기준이 무엇인지?'에 대한 해답을 하나하나 알아 가는 중이다. 우리가 절대 갖지 말아야 할 성품을 알아채고 그 과정에서 자연스럽게 누군가와 함께 이 세상을 살아가는 방법을 알아가는 것, 그것이 단테가 신곡을 통해 우리에게 말하고 싶었던 바다. 자연스럽게 살아가기 위해서라도 우리는 배워야 한다.

희망으로 가득한
인생을 위해서

단테의 두 번째 인생

25

작은 부끄러움은
더 큰 잘못도 씻어 준다

"지금부터는 두려움과 부끄러움에서 온전히 벗어나야 한다. 그래
야 꿈꾸는 사람처럼 말하지 않을 테니까."

《연옥 편, 제33곡》

이상하게 점점 잠을 이루는 게 어려워지는 것만 같다. 예전에
는 잠들기 직전까지 모든 에너지를 쏟아 내고 자리에 누우면 방전
되듯 금방 잠이 들었다. 그런데 이제는 몸만 피곤하고 정신은 몽
롱한 상태로 침대를 뒤척이는 경우가 많다. 잠은 보약이자 에너지
의 원동력인 나에게 불면증은 다음 날의 평온함을 뺏는 악마와도
같다.

몽롱함은 정말 싫다. 단순히 잠을 못 자서 생기는 몽롱함도 싫지만, 나는 나의 일상이 조금은 더 명확하고 깨끗한 상태로 보이기를 바란다. 나의 일터에서, 나의 인간관계에서도 몽롱함은 꼭 손절하고 싶다.

몽롱하다는 건 내가 바로 서지 못하고 있다는 증거다. 내가 제대로 서지 못함이란 타인에게 휘둘리며 산다는 것이다. 자존감 높은 사람으로 세상과 마주하고 싶다. 자기 신뢰가 확고하되 개방성이 높고, 심리적으로도 균형이 잡혀 있는 사람으로 살고 싶다. 그렇다면 자존감 있는 일상을 누리기 위해, 몽롱한 삶에서 벗어나려면 필요한 게 무엇일까?

기준이 필요하다. 기준이 없는 삶은 자기 객관화에 실패하는 이유가 되며 이는 일상을 혼란스럽게 한다. 자기만의 기준을 잘 정립해 두면 어려움 속에서도 잘못된 길로 헛되이 흘러가지 않을 테니 일상은 명쾌해질 것이다.

그렇다. 내 삶의 몽롱함에서 벗어나기 위해 우리는 지금 신곡을 읽고 있다. 생각해 보면 신곡이란 책은 힘들고, 어려우며, 괴로움에 처한 사람들을 위한 책이 아닐까 한다. 행복하고, 즐겁고, 기쁜 날들이 계속되는 사람에게 신곡은 지루하기 짝이 없는 책일지도 모르겠다. 하지만 삶에는 기쁨보다는 슬픔이, 평화보다는 고통이 흔하지 않은가. 예방 주사처럼 신곡을 읽어 둔다면 갑자기 다가오는 혼란에도 나 자신만큼은 지킬 수 있다.

신곡의 한 대목이다.

"불길한 꿈을 꿀 때 그것이 그저 꿈이기를 바라는, 있는 것이 없던 게 되기를 바라는, 그런 심정이었다."

《지옥 편, 제30곡》

불길한 꿈이 현실에서 그대로 이어지기를 원치 않는다면 신곡을 통해 일상의 기준을 미리 정립해 두는 게 좋을 것이다. 불길한 꿈을 꾼 후 깨어나 단순히 꿈이었다는 걸 다행스럽게 여기기보다 불길했던 꿈을 자신에게 주어진 또 다른 기회로 생각하며 성찰의 시간으로 삼아야 한다. 우리는 이 기회를 절대로 헛되이 흘러보내지 않고 자기반성으로 삼는다면, 우리의 미래는 좀 더 나아질 것이다.

부끄러움을 아는 것만으로도 충분하다

반려 동물에 이어 최근에는 반려 식물에 대한 사람들의 관심이 높아졌다. 과거에는 단순히 인테리어를 위해서였다면, 1인 가구가 늘어나고 팬데믹을 거치면서 식물에 대한 인식이 바뀌었다. 작고 느리지만, 식물이 자라는 모습에 뿌듯함을 느끼면서 식물에 정을 붙이는 사람들이 많아졌다. 일상 속 소소한 기쁨은 물론 자기 삶에 변화를 주는 방법으로.

신곡을 곁에 두고 필요할 때 조금씩 읽는 것만으로도 우리는 많은 위안을 얻을 수 있다. 이런 점에서 신곡을 읽는 것은 반려 식물을 키우는 것과 같다는 생각이 든다. 우리는 늘 실수한다. 신곡을 읽고 자기 잘못을 확인하고 반성할 줄만 알아도 이 책은 우리 삶의 변화를 주는 역할을 충분히 해낸다.

단테는 무엇인가 잘못했을 때 어디 가서 바로 석고대죄할 이유는 없다고 말한다. 단테는 작은 부끄러움 하나면 충분하다고, 부끄러움을 아는 것만으로도 우리의 삶을 잘 보호할 수 있다고 이야기한다. 단테는 부끄러움을 아는 게 아니라 부끄러움을 느끼는 것만으로도 좋다고까지 한다.

"사과하고 싶은 마음이 간절했으나 입을 열 수 없어서 사과를 제대로 했는지 기억나지 않는다. 선생님이 말했다. '작은 부끄러움은 네가 저지른 것보다 큰 잘못도 씻어 준다. 이제 걱정을 거두어라.'"

《지옥 편, 제30곡》

부끄러움을 느끼기만 해도 잘못이 사라진다고? 단테의 주장이 터무니없게 느껴지는가? 아니다.

우리의 모습들을 한번 바라보자. 오늘날 사람들은 부끄러움을 모르고 사는 경우가 많다. 온갖 거짓말을 지어내고 잘못된 행동을 하면서도 자신의 잘못을 전혀 부끄러워하지도 않고 반성하지 않는 사람은 우리 주위에 많다.

이런 세상에서 부끄러움을 느낄 줄 아는 것만으로도 대단하다. 부끄러움을 우습게 여기지 말아야 한다. 부끄러움은 마음의 아픔을 느끼는 일종의 통증이다. 이는 일말의 양심이라도 살아 있다는 증거다. 부끄러움은 우리의 피폐한 마음과 사회를 정화하는 위대한 힘을 갖고 있다. 우리는 우리의 잘못에 대해 얼마나 부끄러워하고 있는가?

부끄러움에서
벗어나야 한다

부끄러움을 그냥 놔두면 안 된다. 반드시 벗어나야 한다. 그렇다면 부끄러움이란 무엇인가? 상황에 따라 다르겠지만 여기서는 '나를 어디에 두느냐'를 예로 들어 보겠다. 옳지 못한 장소에 나를 함부로 두는 것도 부끄러워해야 한다. 단테의 말이다.

"사람들이 말다툼을 벌이는 곳에 자기도 모르게 끼어들게 되면 내가 곁에 있다는 걸 잊지 말라. 그런 걸 엿들으려는 것은 천박한 일이니!"

《지옥 편, 제30곡》

이상한 사람들을 욕하기 전에 이상한 사람들 주변에 있는 자신을 먼저 반성해야 한다. 분주하게 돌아가는 세상에서 살다 보니 사람의 마음이 하루에 열두 번도 더 변할 수밖에 없다. 주변 환경에 휘둘리는 게 우리 인간의 특성이다. 법 없이도 살 만한 착하디착한 사람도 심성 고약한 사람과 어울려 지내면 부지불식간에 그와 한 타령이 된 삶을 살게 된다.

나를 부끄럽게 할 사람들 주변에 어슬렁대지 말아야 한다. 예전 어른들은 친구를 잘 가려 사귀라는 훈계를 많이 하셨다. 사건과 사고에는 잘못 사귄 친구, 잘못 발 들여놓은 모임 때문인 경우가 많다. 근묵자흑(近墨者黑)이란 말이 있다. 먹을 가까이하면 자연히 몸이 검게 된다는 경고의 함의를 되새길 만한 이유다.

근묵자흑에서 그 묵이 어디에 있는지, 언제 나타날지, 내 앞에 있는 사람이 그 묵이 아닐지 가늠하기란 어렵다. 하지만 그렇다고 해서 정의가 아닌 불의인 곳에 나의 몸을 방치하는 것이 변명이 될 수도 없다. 부끄러움을 아는 사람은 불의가 슬쩍 다가와도 바로 깨달을 줄 안다. 부끄러움에 대한 인식이 무엇보다 중요한 이유다.

지금 우리는 어디에 있는 걸까? 있지 말아야 할 곳에 있는 자신을 알아챘다면 부끄러워하고 즉시 피해야 한다. 그것이 건강한 나를 만들기 위한, 내면이 강한 나를 만들기 위한 방법이다.

26

상실할 두려움에
사랑을 누르지 말라

"길잡이는 바로 나를 껴안았다. 시끄러운 소리에 잠에서 깬 엄마가 가까이서 치솟는 불길을 보고 제 몸보다 자기 아이를 더 염려하여 속옷 바람으로 급하게 아이를 껴안고 달아나려는 것처럼."

《지옥 편, 제23곡》

"대통령 각하, 제 손에 피가 묻어 있는 거 같습니다."

영화 〈아메리칸 프로메테우스〉에서 핵폭탄의 개발을 진두지휘한 오펜하이머가 백악관에서 트루먼 대통령에게 한 말이다. 그는 과연 핵폭탄의 개발을 후회했을까? 인류 절멸의 무기를 만들어 낸

책임감으로 반성했을까? 이 영화를 통해 우리 역시 "히로시마와 나가사키에 떨어졌던 원자 폭탄은 정당화될 수 있는가?"라는 물음을 생각해 볼 수 있다.

'전쟁을 끝내기 위해서' 혹은 '전쟁이 계속됐다면 희생됐을 수많은 인명을 구하기 위해서'라는 말은 뭔가 부족하다. 마이클 샌델이 《정의란 무엇인가》에서 던진 유명한 기찻길 딜레마(기차는 멈출 수 없고 오로지 둘 중 한 궤도만 선택할 수 있으며, 한쪽엔 한 사람, 다른 쪽엔 여러 사람이 있다)를 빌리자면 이것은 단지 공리주의적 답변일 뿐이다.

미래에 희생될 수도 있는 더 많은 사람을 위해 더 적은 사람을 희생시킨다? 그것도 전쟁에 책임 없는 무고한 민간인 수십, 수만 명을? 중립적이다라는 말, 좋다. 하지만 인간에 관한 한 정의인지 아닌지만 있을 뿐 중립이란 없다. 과연 이 문제를 어떻게 풀어낼 수 있을까? 다수를 위한 소수의 희생, 인정될 수 있는 걸까?

언젠가 들은 얘기다.

"게이로 살아가는 것보다 게이로 살아가는 것을 두고 이러쿵저러쿵 떠드는 사람들이 더 품위 없고 교양 없는 짓이다."

누군가에게 직접적으로 해를 끼치지 않는 한 사람의 본성, 취향

등을 우리는 받아들일 수 있어야 한다. 받아들일 수 없다면 최소한 공격해서는 안 된다. 이 정도도 제대로 받아들이지 못하는 사람은 다수와 소수에 대해 이야기할 자격조차 없다.

다수를 위해
소수를 희생해도 될까

단테가 또 다른 지옥에 다다른다. 처참했다. 말뚝 세 개로 십자가에 못 박힌 사람이 보였다. 그 고통의 당사자는 누구였을까? 누군가 단테에게 말했다.

"저 사람은 살아생전 전체를 위해서는 한 사람을 순교시켜도 된다고 주장했던 사람이오. 그는 결국 이곳에서 발가벗겨지고 길에 갈로질러 눕게 되었소. 누군가 지나갈 때마다 그를 밟을 것이오. 그는 자신을 밟는 그 무게가 얼마나 무거운지 가장 먼저 느끼게 될 것이오."

우리가 겪은 딜레마를 단테는 너무 쉽게 결론 내려서 당황스러울 정도다. 우리는 '전체를 위해서는 한 사람 정도는 희생시켜도 된다'라는 '다수결의 논리'에 익숙하다. 다수결에 들지 못한 사람의 저항은 이기주의라고 질책하기도 한다. 다수결에 승복하지 않으면 이를 국가는 탄압하는 게 당연하다고 생각하기까지 한다.

이런 논리는 '공정한 절차를 거쳐 선정했다'는 게 전부다. 하지만 정말 공정했을까? 공정하기만 하면 다수를 위해 당연하게 희생해도 될까? 물론 민주주의에서 투표나 다수결은 나쁘지 않다. 그러나 민주주의에서 투표나 다수결만 무조건 옳다고 밀어붙인다면, 소수를 향한 관심과 보호가 없다면, 다수결은 폭압의 수단일 뿐이며 민주주의를 가장한 전체주의의 가면이다.

단테 역시 이를 파악한 듯하다. 그래서 다수를 위해 소수를 희생하게 만든 사람의 최후를 다음과 같이 묘사했다.

첫째, 벌거벗어야 함
둘째, 사람들이 지나다니는 길에 누워 있어야 함
셋째, 누구든지 밟고 지나갈 수 있는데 그 무게를 느껴야 함

세상 사람이 다 보는 곳에 누워 자신의 판단이 얼마나 위험했는지, 그 판단으로 인해 누군가는 얼마나 많은 고통을 겪어야 했던가를 느껴 보라는 말이다. 민주주의 그리고 다수결이 전부라고 생각하는 우리에게 단테는 이미 수백 년 전에 그 해답을 제시했다. 영화 〈아메리칸 프로메테우스〉에 나온 핵폭탄의 개발자 오펜하이머가 단테의 신곡을 읽었더라면 트루먼에게 굳이 질문하지는 않았을 것이다.

사랑을 주고받을 줄 아는
사람이 귀인이다

귀한 사람과 천한 사람은 아직도 구별되고 구별하는 시대다. 생각해 보면 요즘 사람들은 그 어떤 때보다 더 구분하려고, 구분되려고 애를 쓰고 있는 것 같다. 과거와 다른 점이라면 어떻게 해서든지 자신이 귀한 사람이라는 걸 알리기 위해 안간힘을 쓴다는 것이다. 귀한 사람이라고 드러내는 방법으로는 '좋은 집', '좋은 차'가 대표적이다.

오늘날 오로지 물질적인 것으로만 자신의 귀함을 드러내려는 세태는 도대체 언제부터 우리의 일반적인 모습이 된 걸까? 계급이 존재하던 과거에는 귀천이 분명히 있었을 것이다. 하지만 지금은 아니다. 타고난 신분적, 물질적 귀천이 아니라 후천적인 마음의 귀천이 중요한 세상이 되었고 또 되어야 한다.

사람의 타고난 신분보다 사람이 자신의 마음을 공부한 결과를 보고 그 귀천이 판단되어야 마땅하다. 귀한 사람이란 무엇보다도 자기 자신의 노력으로 완성되는 존재다. 거기에 사람은 각각 무조건 존중받아야 하는 존재다.

언젠가 영국의 한 언론에서 퀴즈를 냈다. 에딘버러에서 런던까지 가장 빨리 갈 방법에 무엇인지 묻는 내용의 퀴즈였다. 이 퀴즈에 응모한 사람들은 실로 다양했다. 최상의 교통수단 방법이 등장했는데, 수많은 응모자 중에서 상을 탄 사람은 뜻밖에도 '사랑하는

인생에서 가장 큰 행운은
사랑하고, 사랑받고 있다는 것이다.

사람과 함께 가는 것'이라고 써 보낸 사람이었다. 단순한 물리적 계산이 아니라 심리적 계산을 한 사람이 정답으로 인정되었다는 뜻이다. 돈과 명예가 아니라 사랑이 정답이었다.

이왕이면 사랑하는 사람이 우리 주위에 많은 것이 낫지 않겠는가. 함께하고픈 사람이 주변에 가득한 사람이라면, 그리고 그런 사람들과 함께하는 일들이 즐겁게 느껴진다면, 아무리 먼 길이라도 가깝게 느껴지는 법이다. 인생길도 마찬가지 아닐까? 사랑하는 사람과 함께라면 아무리 고되고 험난한 인생길도 잘 극복해 나갈 것이다.

이렇게 보면 귀천, 나눌 만하다. 사랑할 줄 알고 사랑받을 줄 아는 사람은 귀인(貴人)일 테고, 사랑할 줄 모르고 사랑받을 줄도 모르는 사람은 천인(賤人)이다. 신분, 재산, 지위가 귀천을 나누는 게 아니라 사랑의 주고받음의 정도가 귀천을 나누는 것이다. 이러한 귀천의 나눔이라면 구별해도 괜찮지 않은가? 이제 우리 스스로 물어볼 차례다.

지금 가는 인생길이 멀고 험난하다고 생각하십니까?
지금 나에게 지워진 그 삶의 무게가 무겁다고 생각하십니까?

만일 그 답이 '아니요. 힘들거나 무겁지 않아요. 사랑하는 사람과 함께 있으니까요'라고 말할 수 있다면 그 사람은 참으로 행복한 사람이다. 그 사람도 상대방도 모두 서로에게 귀인이다.

돈과 명예로 귀천을 나누기 전에 사랑의 주고받음을 기준으로 귀천을 나누면 좋겠다. 지위의 높낮이에 연연하는 속물근성이 우리의 삶의 모든 측면을 물들게 하지 않기를 바란다. 단, 사랑할 줄 모르는 사람, 사랑받을 줄 모르는 사람은 내 인간관계에서 조금 옆으로 밀어 두어도 괜찮다. 단테도 이 정도는 인정할 것 같다.

27

이제 나태함을
벗어 버릴 때

"명성 없이 자기 삶을 낭비하는 사람은 허공의 연기나 물속의 거품
과 같은 흔적만을 세상에 남길 뿐이다. 그러니 일어나라. 무거운 육
신과 함께 주저앉지 않으려면, 모든 싸움에 이기겠다는 정신으로
그 숨찬 육체를 이겨내야 한다."

《지옥 편, 제24곡》

"멋진 이름을 남기고 싶은데 무엇부터 해야 할까요?"

이 질문에 대해 '무엇'이 아니라 '어떻게'에 관심을 먼저 두는 것
이 옳다고 대답하고 싶다. 무엇을 찾느라 어떻게를 외면하면 지금

당장 할 일이 없다. 할 일이 없으니 곧 '무엇을 해야 할지 모르겠다'고 핑계를 대기도 쉽다. 이렇게 되면 누구에게나 주어지는 공평한 시간임에도 나 자신에게만큼은 헛되이 소비된다. 이것은 일종의 '나태'다.

나태란 하는 걸 싫어한다기보다는 적극적으로 해야 할 일을 안 하는 것이다. 나태는 배우거나 성장할 이유도 없고, 인생의 목적도 없고, 살아갈 이유도 없으며, 죽을 이유도 없어, 그냥 살아가는 전유물이다. 자신의 할 일과 의미를 발견하지 못하는 사람은 나태한 사람이고, 그럴 때 우리의 영혼은 죽게 된다.

나태하지 않으려면 어떻게 해야 할까? 지루할 수도 있겠지만, 결국 또 그 뻔한 용어, 즉 노력 아니 '노오력'이 정답이다. '부지런한 사람이 성공할 수 있다'라는 사실은 시대를 초월한 진리다. 다만 바쁘기만 해서는 안 된다. 가치 있는 목표에 집중하여 노력하는 것, 그리고 자신의 역할, 사명을 다해야 하는 것 등 삶의 지혜가 우리 모두에게 필요하다.

명성을 지키는 일

단테는 베르길리우스의 인도를 받으며 지옥 낮은 데서 높은 곳으로 계속해서 오르고 있었다. 높이는 대단했고, 매우 험난했기에 단테는 곧 지친 모습이었다. 간신히 꼭대기에 도착한 단테는 숨이 가쁜 나머지 그대로 그 자리에 주저앉았다. 하지만 베르길리우스는 엄했다.

"일어나라! 우린 더 높은 계단까지 올라가야 한다. 그놈들에게서 벗어났다고 모두 끝난 게 아니다. 내 말을 알아들었으면 용기를 내라."

단테는 일어났다. 호흡을 가다듬곤 베르길리우스를 향해, 또 자신을 향해 의지를 다지며 말했다.

"계속 가시죠. 전 강합니다. 의연합니다."

《지옥 편, 제24곡》

세상을 살다 보니 '이제 내리막길을 걷는 게 아닐까' 하는 두려움이 느껴지는 순간이 시시때때로 다가오곤 했다. 그때마다 나는 무엇을 해야 했을까? 단테는 그럴수록 계속 가야 한다고 말한다. 궁금해졌다. 왜 계속 가야 하는가? 그렇게 가는 이유는 '내 이름 석 자'를 위함이다.

단테는 자기 이름을 중시했다. 그가 혐오했던 또 하나는 '명성 없이 인생을 소모하는 삶'이었다. 자기 이름에 아무런 의미를 남길 수 없다면, 그건 허공의 연기 혹은 물속 거품같이 흔적조차 남기지 못하는 허무한 삶이라는 것이다.

"이제야 네가 나태함을 벗어 버릴 때로구나. 베개를 베고 이불 속에 누워 편안함을 즐기다가는 명성을 얻을 수 없다."

《지옥 편, 제24곡》

흐르는 시간 속에서
내 이름을 어떻게 남길 것인가

이름을 남긴다는 것은 자신이 살아온 삶을 그대로 보여 주는 일이다. 물론 세상에 멋진 이름을 남기는 일은 쉽지 않다. 게으름을 피우지 않고 치열하게 삶을 살아온 사람만이 자신의 이름에 가치를 쌓을 수 있기 때문이다. 일상에서 늘 스스로에게 질문을 던질 줄 아는 사람만이 자기의 이름을 의미 있게 만들 수 있다.

'나는 어떤 방식으로 나의 이름을 남길 것인가?'

시간은 누구에게나 공평하게 흐른다. 하지만 시간의 농도는 사람마다 현격히 다르다. 모두가 공평한 하루를 보냈지만, 어떤 하루를 보내느냐에 따라 삶이 전혀 달라진다. 하루가 모여 한 달이,

한 달이 모여 일 년이, 일 년이 모여 십 년이 되는데, 그 시간을 안주하며 살아가는 사람과 노력을 기울이는 사람의 삶은 달라져도 너무 달라진다.

현시대는 많은 일을 할 수 있는 시대다. 마음만 먹으면 조금의 시간만으로도 무엇이든 얻을 수 있다. 유튜브와 SNS 등으로 모르고 있던 정보들도 쉽게 알 수 있고, 부족한 점도 채울 수 있다. 따라서 24시간 중 허투루 사용하는 시간을 줄여 이름의 가치를 높이는 방법을 고민해야 한다는 것을 잊지 말아야 한다.

개인적으로는 책 한 권씩 써 보는 것에 도전하는 건 어떨까 한다. 내가 한 경험은 세상에 단 하나뿐이다. 그 경험이 아름답든 이상하든 상관없이 누군가에게 충분히 도움을 줄 수 있는 이야기가 될 수 있다.

더 나은 내일을 원하는 사람이라면, 그래서 자기 이름을 아름답게 만들고 싶은 사람이라면 내 이름을 소중하게 여기는 방법에 집중해야 한다.

내 이름을 소중히 여기기 위해서는 가장 먼저 해야할 것은 자기 성장에 주목해야 한다. 자기 성장은 비교에서 시작된다. 이때 비교의 대상은 다른 사람과 내가 아니다. '어제의 나'와 '오늘의 나'가 비교의 대상이 되어야 한다. 비교의 시작은 자기 이름 하나만큼은 제대로 이 세상에 남기고자 하는 열망에서 비롯된다. 그러니 우리는 지금 살펴야 한다. 내 이름이 지금 어느 곳에서 어떻게 불리고 있는가?

28

인간에게는 잘못을
바로잡을 곧은 의지가 있다

"뉘우치지 않는 자는 죄를 벗을 수 없다."

《지옥 편, 제27곡》

영화 〈달콤한 인생〉 초반에 이런 대사가 나온다.

"사과해라. 그럼 아무 일도 일어나지 않는다. '잘못했음'. 이 네 마디야. 네 마디만 하면 적어도 끔찍한 일은 피할 수 있다."

하지만 영화 속 등장인물은 자존심 때문에 혹은 '내가 그동안 당신한테 해 준 게 얼마인데'라는 식의 배신감 때문에 그 네 마디

대신 '그냥 가라'고 하며 비웃는다. 결국 비극적인 최후를 맞는다.

누군가에게 진심으로 사과한다는 건 어렵다. 사과 한마디를 바로 하지 못해 결국 상대의 감정을 상하게 만드는 경우가 너무 빈번하다. 사실 사람이라면 잘못을 저질렀을 때 모두 부끄러운 마음을 갖게 된다. 이때 부끄러움을 다른 말로 하면 수치다.

수치(羞恥)는 '바칠 수', '부끄러워할 치'로 구성되어 있다. 부끄러워할 치자는 '마음 심(心)'과 '귀 이(耳)'로 구성되어 있다. 즉 부끄러움은 마음에 달린 귀라는 것이다. 잘못했을 때, 실수했을 때 우리는 스스로 부끄러워하는 마음에 귀를 기울이는 게 먼저여야 하는 이유다.

잘못했을 때 뉘우침으로 향하는지, 아니면 뻔뻔함으로 향하는지에 따라 한 사람의 인격을 가늠해 볼 수 있다. 부끄러움이 뻔뻔함이 아니라 뉘우침으로 인도되어야 비로소 사람다운 사람이라고 할 수 있다. 하지만 오늘날 우리의 부끄러움은 대체로 어디로 향하는지 궁금하다. 뉘우침 대신 뻔뻔함을 택하는 사람들이 더 많은 듯하다.

우리는 그동안
어떻게 뉘우치고 있었나

이런 사과를 들어 본 적이 있는지 모르겠다.

"미안해. 하지만….”

"잘못했어. 그러나….”

이런 사과는 사과가 아니다. 변명일 뿐이다. 그뿐이랴.

"내가 사과했으니 너도 사과해.”

"내가 잘못을 인정했으니 너는 이제 내가 원하는 것을 들어줘
야 해.”

사과하면서 상대방으로부터 무엇인가를 원하는 것은 용서를
구하는 태도가 아니다. 이런 사과를 하는 사람은 뉘우치지 않았으
며, 뉘우치지 않았기에 죄를 씻을 수 없다고 단테는 말한다. 결국
지옥에 떨어질 수밖에 없다.

"뉘우치지 않는 자는 죄를 벗을 수 없다. 또 뉘우치면서 동시에
원하는 것은 서로 모순되므로 있을 수 없는 일이다.”

《지옥 편, 제27곡》

그동안 우리가 해 왔던 사과는 어떠했는가?

우리는 이 물음에 대해 고민해야 한다.

사람이 사람답게 살아갈 수 있도록 만드는 것은
부끄러움에 대한 자각이다.

용서를 구하기
어려운 사회에서

과거부터 잘못을 인정하는 표현은 수많은 관계에서 문제를 해결하고 유지하는 언어적 수단으로 쓰였다. 하지만 요즘 사람들에게는 "죄송합니다"라고 말하기가 가장 어렵다고 한다. 잘못하거나, 잘못하지 않았어도 예의상, 분위기상 사과 아닌 사과를 건네면 있던 문제도 사라지는데 말이다. 아쉽다. 우리 사회에서 점점 죄송합니다는 친숙한 언어가 아니게 되었다.

특히 요즘은 사과를 안 하면 욕먹고, 사과하면 바보가 되는 세상이라고 입을 모은다. 왜 이렇게 된 걸까? 한 아르바이트생이 말했다.

"사과하지 않는 이유요? 사과하면 그때부터 오히려 나에게 욕을 해도 된다고, 마치 자신이 면죄부를 가진 것처럼 행동하는 사람들이 있기 때문이죠. 이런 일을 반복해서 겪다 보니 사과하기가 싫어졌어요. 사과할 때라도 마음을 다하지 않게 됐고요."

사과해 봐야, 죄송하다고 해 봐야 "뭐가 죄송하냐?", "알면 안 그랬어야지. 왜 그랬어?"란 말로 또 욕을 먹는 상황이라니 기가 막히면서도 안타깝다. 이렇게 사과를 못 하는 상황이 반복되어 사과가 절실한 상황에서도 사과를 꺼리면 인간관계의 어려움은 심화되고 개인의 사회적 고립을 고착화할 것이다.

　문제다. '죄를 씻고 싶어도', '잘못을 뉘우치고 싶어도' 그렇게 할 수 없는 사회적 분위기가 가득하니 말이다. 이래서야 어떻게 잘못을 인정하고 상대방과 공존하며 살아갈 수 있는 세상을 기대할 수 있을까. 우리가 조금 더 쿨해졌으면 좋겠다. 자기 잘못에 대한 인정만이라도 잘하는 사람이 결국 인생의 승자가 될 수 있다는 걸 기억해야 한다.

29

인간은 이루고자 하는 대로 결정할 수 있는 존재다

"거칠고 야만적인 성격의 사람들에게 너의 선행은 오히려 너를 원수로 삼는 이유일 뿐이다. 쓰고 떫은 나무들 사이에서는 달콤한 무화과가 열릴 수가 없다. 그러니 너는 저들에게서 벗어나 너 자신을 깨끗이 하도록 하라."

《지옥 편, 제15곡》

유니콘(기업 가치 1조 원 이상 비상장 스타트업 회사) 등극을 선언한 한 기업이 있었다. 금융 회사다. 최근 몇 년간 최고의 성장률을 기록 중이라고 한다. 언젠가는 전 직원을 대상으로 1억 원에 달하는 스톡옵션과 큰 폭의 연봉 인상을 제시한 것으로 알려지면서 직장인들에게 꿈의 직장이 되었다. 특히 이곳의 경영 방침은 철저한 능력주의와 이에 따른 보상이 따르는 점에서 유명했다.

현재는 어떤지 모르겠으나, 한때 이 회사는 모든 직원을 경력 직원으로만 채용했다. 기존 연봉 대비 파격적인 성과급을 제시하며 우수 인력 확보에 매진했다고 한다. 실제로 직원 대다수가 대한민국 최고의 회사에서 일했던 경력 직원이었단다. 능력에 따른 처우 보상에 공감하는 분위기가 회사 전반에 퍼져 있었는데, 당연히 연공 서열이 아닌 수평적 조직 문화를 갖췄다.

이 회사의 성장만큼이나 특히 사람을 대하는 기업 문화 역시 흥미로웠다. 초창기에 이 회사의 홈페이지의 HR 카테고리에 접속해 본 기억이 난다. 그곳에는 썩은 사과가 이미지로 제시되어 있었다. 썩은 사과는 이 회사의 인사 정책이었다. 인사 담당자가 이렇게 말했다고 한다.

"상자 속 썩은 사과는 다른 사과도 금세 썩게 만들어 상자 전체를 버려야 하는 상황을 가져옵니다. 우리는 해고 대상자가 정해지면 최대한 신속하고 빠르게 진행합니다. 기존 구성원들에게 부정적인 영향을 덜 주는 것을 목표로 합니다."

다시 확인해 보니 지금은 당시 다소 자극적으로 느껴졌던 해당 이미지와 문구가 사라졌다. 이에 대해 지나친 성과 위주의 인간

관리 아니냐면서 불만의 목소리도 있었기 때문이다. 다소 각박한 느낌의 인간 관리라는 점은 인정한다. 하지만 썩은 사과가 의미하는 바를 우리 일상에서 하나의 기준으로 삼아도 괜찮지 않을까? 나를 보호하기 위한 하나의 이미지로 갖고 있으면 어떨까?

브루네토의 조언

지옥에 있는 사람이라고 단테가 무조건 그들에 대해 얕잡아 보거나 우습게 여기지 않았다. 지옥에서 만난 사람 중에서는 그가 존경하던 인물도 있었다. '브루네토'가 그 인물인데, 단테의 시대에 젊은이들의 멘토 역할을 한 인물이었다. 그가 어쩌다 성적으로 문란한 죄인을 처벌하는 지옥에 와 있는지는 모르겠으나 단테는 브루네토를 선생님이라고 부르며 그를 따른다.

브루네토는 죽어서 지옥에 왔지만, 그래도 한때는 단테의 롤 모델이였다. 그는 단테에게 좋은 말을 해 주려고 애쓴다. 특히 나쁜 사람들을 멀리하고 자기만의 길을 가야 한다고 조언한다.

"너만의 별을 뒤따르거라! 내가 너를 옳게 본 것이라면, 너는 실패 없이 영광의 항구에 닿을 것이니!"

《지옥 편, 제15곡》

단테는 지옥에 있는 사람이라고 무조건 배척하기보다 들어야할 필요가 있는 말은 들으려고 노력했다. 단테 주위에 있는 거칠고 야만적인 사람들, 예를 들어 인색함과 질투심 그리고 교만을 지닌 사람들을 경계하라는 브루네토의 조언은 우리도 기억할 만한 이야기다.

성장하는 인생을 위해 가져야 할 습관

브루네토의 예언과도 같은 말을 듣던 단테는 그에 대한 존경심이 있었기에 "선생님은 언제나 인간이 영원해지는 법을 가르쳐 주셨다"라며 많은 배움이 있었음을 인정했다. 그런데 갑자기 단테가 다소 지루한 표정을 지으며 이상한 말을 한다.

"저는 제게 다가올 어떤 운명에도 준비되어 있습니다. 선생님의 말씀은 제 귀에 새롭지 않습니다."

단테의 교만이 나타난 부분이다. 브루네토의 조언에 대해 새롭지 않다면서 우습게 여겼다. '이미 다 아는 것을 뭘 또 그렇게 말합니까?'라면서 브루네토를 힐난하는 것 같기도 하다. 물론 브루네토는 어떤 이유로 지옥에 있는 자다. 아무리 세상에서 단테가 흠

모하던 인물이라고 할지라도 지옥에 있는 브루네토에의 말을 있는 그대로 받아들이기 힘들었을 수도 있고, 브루네토의 말이 심심하게 들렸을 수도 있다.

'당신의 말이 새롭지 않다'라는 말에 화가 났을까? 단테의 말에 브루네토는 단테가 있는 쪽이 아닌, 다른 사람 쪽으로 몸을 돌려 이렇게 말한다.

"잘 듣는 사람이 마음에 새기는 법이다."

《지옥 편, 제15곡》

단테는 지금 지옥을 순례하며 자신의 인생, 딱 절반의 시기에 무엇인가를 배우려는 사람이다. 나름대로 플래닝, 즉 계획을 세우는 것에는 성공했다. 그 실행 역시 훌륭하다. 하지만 계획과 실행의 과정에서 자기 자신에게 돌아오는 지식과 지혜를 기꺼이 받아들이지 못한다면 결국 모든 것은 실패로 돌아갈 가능성이 크다.

단테는 들어야 할 부분은 들었지만, 여전히 듣기가 부족했다. 듣는다는 건 받아들인다는 것인데, 받아들이지 못하면 발전이 없거나 발전이 더딜 수 있다. 우리가 늘 중요하다고 말하는 피드백은 반복되는 실수를 줄여 주고 계속해서 성장을 이루어 주는 핵심 습관이다. 피드백 습관은 공부뿐만 아니라 인생 전체의 성장과 성공을 이끌어 주는 습관이기도 하다.

돌아보는 힘은 위대하다. 돌아보는 힘은 플래닝의 큰 힘이며, 자기 주도적 인생의 에너지다. 넘어짐을 인정하고, 실수를 분석하여 다시 일어서는 힘이 있다면 우리는 인생의 강자가 될 수 있다. 아무리 좋은 이야기라도 한 번으로는 부족하다. 공부 잘하는 학생처럼 복습할 줄도 알아야 한다. 복습 없이, 반복 없이, 우리의 인생은 더 나은 방향으로 쉽게 발전하기가 어렵다.

그래서 단테는 들을 줄 알게 되었을까? 계속해서 잘 듣지 못한 건 아닐까? 듣기에 미숙했던 단테는 사후에 지옥에 갔을까, 천국으로 향했을까?

30

별들에게 올라갈
열망을 품어라

"밖으로 나왔다. 별들을 보았다."

《지옥 편, 제34곡》

단테가 신곡을 통해 우리에게 말하려는 것은 무엇이었을까? 우리가 무엇을 하길 바랐을까 아니면 한편으로 우리에게 어떤 것을 하지 말라고 말하고 싶었을까? 아마도 이것을 우리에게 말하고 싶었던 것 같다.

하지 말 것 '탐욕'.
할 것 '별을 볼 것'.

인생길에서 우리가 해야 할 것은 별을 찾는 것이고, 찾은 그 별을 바라보는 것이며, 바라본 별을 향해 나아가는 것이다. 지옥과 연옥을 우회하는 엄청난 여행을 감수하면서도 언덕 위에서 빛나는 별을 향해 나아가는 것, 그것이 단테가 우리에게 제안하는 삶의 태도였다. 탐욕과 멀어질 줄 안다면, 나만의 별을 향해 나아갈 줄 안다면, 우리는 단테가 신곡을 통해 전해 주고자 했던 메시지를 이해한 것이다.

모든 죄가
시작되고 끝나는 곳

단테는 탐욕은 모든 죄의 근원이며, 그 여파는 한도 끝도 없다고 말한다. 거꾸로 말해 탐욕을 잘 조절하기만 해도 수많은 죄에서 벗어날 수 있다는 뜻이기도 하다. 죄에서 벗어남은 곧 건강한 자신을 찾는다는 말이다.

이미 앞서 읽어 본 이야기지만 다시 확인해 보자. 돈에 욕심이 생겨 악착같이 모으기만 하는 사람들은 반대로 쓰려고만 하는 낭비의 죄를 지은 자들과 함께 벌을 받는다. 그들은 한 공간에 있다. 무거운 바위를 진 그들은 서로 마주하고 반원을 그리며 돌다가 자기 죄와 반대되는 죄와 마주치면 각자 몸을 돌려 뒤로 돌아가는데, 이때 상대의 죄를 외치며 꾸짖는다. 우스운 건 그러고 나서 다시 만나는 지점까지 반원을 그린다. 이는 하나의 원을 돌지 못한 채 영원히 반쪽짜리에 머물러야 하는 인생을 의미한다.

그런데 부지런하게 돈을 벌어 풍족하게 사는 게 뭐가 문제인가? 무슨 죄라고 인생의 반쪽만 사는 것이라고 힐난하는가?

첫째, 탐욕은 필요보다 더 가지려 하는 조절 불능의 욕망이라는 면에서 자신에게 저지르는 죄다.

둘째, 탐욕은 실제로 재화를 지나치게 획득하고 소유하는 행위라는 면에서 이웃에게 저지르는 죄다. 한 사람이 과하게 차지하면 누군가는 결핍이 생긴다.

단테는 우리에게 탐욕을 멈추라고 경고한다. 그렇게 하지 않으면 반원을 돌다가 누군가와 부딪혀 다시 온 길을 돌아가야 하는 부조리한 획일성과 야만적 규율에 고통받는다. 현실에서 우리가 탐욕과 낭비 중 하나에 몰입하고 있다면 그건 인생의 반만 살고 있다는 증거다.

"아, 눈먼 탐욕이여! 어리석은 분노여! 짧은 인생에서는 그토록 우리를 뒤쫓더니, 이제는 영원한 삶에서까지 이렇게 괴롭히는구나! (중략) 불행은 모두 언제나 성급한 욕망 때문이었다!"

《지옥 편, 제12곡》

나의 탐욕을 알아차렸다면, 탐욕과 같은 죄악인 분노에 휩싸인 자신을 발견했다면 경계해야 한다. 멀리해야 할 탐욕과 분노를 오히려 쫓아다니다가는 영원한 고통을 받을 수 있다.

지옥에서 벗어나
용기를 가지고 봐야 할 것

우리가 해야 할 것은 별을 보는 것이다. 별을 가까이해야 한다. 별을 원하고 별을 바라보며 별을 향해 나아가는 것, 이것이 단테가 신곡을 통해 우리에게 말하려는 결론과도 같은 말이다. 지옥 편의 제일 마지막인 제34곡의 끝은 이러하다.

"그가 앞서고 내가 뒤를 따르며 위로 올라갔다. 마침내 우리는 동그란 틈 사이로 하늘이 실어 나르는 아름다운 것들을 보았다. 그렇게 밖으로 나왔다. 다시 별들을 보았다."

《지옥 편, 제34곡》

지옥에서는 별을 볼 수 없다. 기본적으로 지하 세계를 상정한 것이니 하늘이 있을 리가 없다. 지옥을 벗어나야 비로소 별을 볼 수 있다. 지옥 편만 별이 마지막을 장식하는 게 아니다. 천국 편의 마지막인 제33곡에도 별이 등장한다.

"내 소망과 의지는 다시 움직이기 시작했다. 태양과 별들을 움직이는 사랑 덕택이었다."

《천국 편, 제33곡》

그렇다면 별은 무엇을 의미할까? 단테의 신곡은 종교적인 색채가 강하다. 단테는 하느님을 염두에 둔 것이다. 하지만 우리는 이를 자유롭게 해석해서 내 것으로 가져오면 된다.

그렇다면 우리에게 별은 희망이다. 행복을 위해 필요한 하나의 기준, 우리가 일상의 즐거움과 기쁨을 누리다가 혹여 잘못해서 잘못된 길로 빠질 때 되돌아올 수 있는 북극성과도 같은 역할, 그것이 바로 별이고 단테가 우리에게 말하는 인생의 기준점이다.

우리의 일상은 늘 진흙탕 속 같다. 하지만 이 진흙탕 속에서도 누군가는 별을 볼 줄 안다. 그가 인생의 승리자다. 어쩌면 진흙탕이 있기에 별이 빛날지도 모른다. 단테가 그토록 우리에게 찾고 또 움직이라는 별은 구체적 별이 아니다. 아름다운 대상 혹은 사물 그 자체라기보다는 그걸 추구하는 마음에 더 가깝기 때문이다.

진흙탕에 뒹굴도록 만든 현실이 있다고 해 보자. 그때 우리가 주어진 조건을 알아챈 후 그다음 무엇을 할 수 있을지, 희망이 어디에 있는지 생각할 줄 안다면 우리의 지금 그리고 여기는 천국 그 자체다. 별이 될 필요는 없다. 하지만 얼마든지 별처럼 살아갈 수는 있다. 그래서 우리가 해야 할 건 별을 보는, 아니 별을 다시 바라보는 용기를 갖는 일이다.

마음을 편하게 해 주는 약을 먹었다고 해서 현재 불안한 상황이 한 번에 안정되지 않는다. 그러니 별의 의미를 알았다고 멈추는 게 아니라 바라보는 행동으로 이어져야 한다.

가끔 사람은 생각이 바뀐 걸 변화의 완성으로 착각하고 거기에 머물러 버리기도 한다. 하지만 우리는 다르다. 신곡을 통해 별을 찾고, 어떻게 행동해야 하는지도 성찰을 해 왔다. 행동할 줄 아는 사람이 되었다.

단테의 도움을 받아 이제 우리는 지옥을 빠져나올 수 있게 되었다. 천국이 눈앞에, 아니 발밑에 있다. 별을 바라보며 천천히 한 걸음부터 움직이기 시작하면 된다. 그뿐이다.

별은 어두운 밤하늘에서만 빛난다.
어둠 속에서 유난히 밝게 빛나는 별은
곧 당신의 희망이자 삶의 이유다.

후회와 절망을 기회와 희망으로 바꾸는 신곡 수업

지옥에 다녀온 단테

© 김범준 2024

1판 1쇄 2024년 6월 10일
1판 2쇄 2024년 8월 19일

지은이 김범준
펴낸이 유경민 노종한
책임편집 권혜지
기획편집 유노북스 이현정 조혜진 권혜지 정현석 **유노라이프** 권순범 구혜진 **유노책주** 김세민 이지윤
기획마케팅 1팀 우현권 이상운 **2팀** 이선영 김승혜 최예은
디자인 남다희 홍진기 허정수
기획관리 차은영
펴낸곳 유노콘텐츠그룹 주식회사
법인등록번호 110111-8138128
주소 서울시 마포구 월드컵로20길 5, 4층
전화 02-323-7763 **팩스** 02-323-7764 **이메일** info@uknowbooks.com

ISBN 979-11-7183-031-2(03800)